FOLIO JUNIOR

HISTOIRE COURTE

Ce texte a été précédemment publié
aux éditions Nathan dans la collection Pleine Lune.

Thierry Jonquet

Lapoigne et l'ogre du métro

Illustré
par Erwann Surcouf

FOLIO JUNIOR
GALLIMARD JEUNESSE

1
Le Monstre attaque !

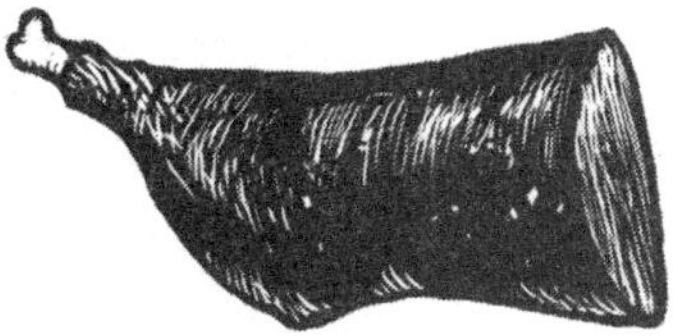

Comme tous les matins, Alfred Tartepaigne s'était levé de très bonne heure.

Alfred Tartepaigne aimait à répéter qu'il n'était pas un de ces fainéants de jeunes qui ne pensent qu'à écouter leur walkman et à se trémousser comme les Noirs qu'il avait vus, il y a très longtemps, quand il faisait son service militaire en Afrique. Non, Alfred Tartepaigne ne crachait pas sur le travail, comme ces parasites de chômeurs qui traînent au lit tous les matins, au lieu d'aller chercher du boulot. Le chômage, ça le faisait doucement rigoler, Alfred Tartepaigne : des combines pour se la couler douce, oui !

Alors que lui, dès cinq heures, il était déjà dans la rue, à l'ouvrage, relevant le rideau de sa boutique, astiquant son comptoir en attendant Benoît, son fils, qui arrivait de Rungis à cinq heures et demie, avec la camionnette pleine à ras bord de carcasses de bœufs, de cageots de poulets, de ballots de saucisses et de caisses de jambons.

Il y aurait beaucoup à dire sur la personnalité de monsieur Tartepaigne, que j'ai bien connu, et qui, durant de longues années, m'a réveillé tous les matins à cinq heures : il chantait la *Belle de Cadix* en récurant son comptoir de bois, celui-là même sur lequel il allait découper de la bavette et de l'aloyau et du rumsteck et de la blanquette jusqu'au soir vingt heures.

Mais ça ne servirait à rien, puisque, au moment où commence cette histoire, monsieur Tartepaigne Alfred va mourir d'une étrange et atroce façon.

C'était un matin de décembre, et la neige menaçait de tomber depuis la veille. Elle se décida enfin à cinq heures et demie précises au moment même où la camionnette conduite par Benoît débouchait au coin de la rue Lacépède ; de fins flocons qui hésitaient à se poser sur le bitume, où ils fondaient aussitôt, transformant la chaussée en une patinoire.

Benoît partit boire un café au comptoir du café voisin, tandis que son père, après avoir ouvert le hayon de la camionnette, chargeait déjà un énorme quartier de bœuf sur ses épaules, avec un grand han...

Il avait fait quelques allées et venues entre le vieux tube* Citroën et la chambre froide qui s'ouvrait au fond de la boutique, quand, soudain, une silhouette monstrueuse, hirsute et dépenaillée bondit de derrière un Abribus et se rua sur le boucher ! Alfred Tartepaigne chantait la *Belle de Cadix* et louait son œil de velours en détachant bien les *tchic a tchic, aïe aïe aïe*, et, courbé sous le poids du demi-veau jeté en travers de ses épaules, il ne vit pas le Monstre qui s'approchait en se glissant dans l'ombre.

* Tube : camionnette

La nuit était encore noire et Ahmed, le conducteur de la benne à ordures qui passe tous les matins rue Lacépède, ne put fournir qu'une description très approximative de l'être qui agressa Tartepaigne Alfred. C'était quelque chose d'assez grand, mais comme recroquevillé, à l'abondante tignasse sombre et couverte de flocons blancs ; c'était vêtu d'un grand manteau ou d'une capote militaire – ou d'un burnous ? – et ça brandissait un engin très pointu, long d'un bon mètre, qu'Ahmed ne put distinguer nettement. Le Monstre qui attaquait Tartepaigne Alfred disparut avec celui-ci derrière le comptoir de la boucherie où se déroula la lutte.

Il y eut un grand cri, puis Ahmed vit le Monstre s'enfuir en sautillant : il emportait le quartier de veau que le boucher venait d'extraire de la camionnette !

On ne tarda pas à s'apercevoir qu'Alfred Tartepaigne s'était tué lui-même, en tombant sur un des couteaux dont il se servait pour trancher les gigots.

Benoît le découvrit en même temps qu'Ahmed : le cri l'avait alerté, et il sortit en courant du bar tabac voisin. Son père gisait sur le sol carrelé de la boucherie, étendu au beau milieu de cadavres de lapins écorchés qui le contemplaient d'un œil vaguement ironique...

Oui, officiellement, Ahmed fut le seul témoin de la bagarre entre Tartepaigne et le Monstre. Mais moi aussi, j'avais tout vu.

J'étais couché par terre, sur un tas de cartons, tout près de là et Tartepaigne venait de me réveiller en entonnant le premier couplet de la *Belle de Cadix*, qui a des yeux de velours.

J'avais repéré depuis l'hiver précédent le soupirail de la clinique qui fait le coin de la rue Geoffroy-Saint-Hilaire et de la rue Cuvier, en face du grand portail du Jardin des Plantes : en dessous, il y a la chaufferie de la clinique et, toute la nuit, quand ça pince et que le thermomètre descend au-dessous de zéro, le soupirail dégage une bonne grosse chaleur qui fume et assèche le bitume sur au moins cinq mètres à la ronde.

Boucherie

Je suis clochard.

De temps en temps, le fils Tartepaigne me refile un bout de viande en cachette de son père, et je vais alors chez la mère Muzard, la concierge du 8 de la rue Cuvier, qui me le fait cuire dans sa loge...

Tout ça pour vous dire que je n'ai pas attendu l'arrivée des flics pour déguerpir, parce que, quand on est clochard, il vaut mieux ne pas s'attarder sur les lieux, dans ces cas-là. C'est qu'on a vite fait de vous coffrer et, en y réfléchissant bien, avec mon vieil imperméable – qui date du temps où j'étais pas clochard : c'est vous dire s'il a eu le temps de s'user –, avec la peau de mouton que je porte en dessous, et avec mes vieilles godasses, je jurerais pas qu'en pleine nuit Claudius Lapoignus n'ait pas un sacré look de monstre assassin de boucher...

Claude Lapoigne, c'est comme ça que je m'appelle. Les copains disent Claudius, c'est une vieille plaisanterie de ces andouilles parce que, avant de devenir clochard, j'étais professeur de latin… En latin, tous les mots finissent en *us*, c'est bien connu, du coup, Lapoigne Lapoignus, allez donc, faut pas se gêner.

Je vous expliquerai plus tard comment je suis devenu clochard, mais ce que vous voulez sans doute savoir pour le moment, c'est ce qu'a fait la police après la mort d'Alfred Tartepaigne.

Je l'ai appris sur le coup de midi, en rendant visite à Mustapha, un ami à moi, qui tient une boutique de saucisses-frites, place de la République.

Je passe chez Mustapha tous les jours : je suis clochard, sans doute, mais je sais écrire ! Et je ne fais pas de fautes ! Et Mustapha connaît tout plein de gens, des bronzés comme lui, qui ont des tas d'ennuis avec l'Administration, qui ne savent pas rédiger leur courrier et demander à la Sécu qu'on leur rembourse leurs médicaments quand ils sont malades, parce qu'ils sont tombés de leur échafaudage. C'est fou ce qu'il y en a, des bronzés qui se baladent sur les échafaudages.

Bref, je gagne quelques sous en échange des lettres que je rédige pour ces gens-là. Mustapha n'oublie jamais ma Francfort-frites arrosée d'une boîte de bière, et ainsi, je ne me soucie pas de mon repas de midi...

Ce jour-là, donc, j'ai appris les nouvelles en lisant *Le Parisien*, qu'un client de Mustapha avait abandonné au beau milieu d'une flaque de moutarde étalée sur le comptoir graisseux. Le manège voisin tournait et les gosses braillaient en tentant d'attraper le pompon pour gagner un tour gratuit. La neige tombait à présent plus dru et commençait à couvrir les trottoirs d'un tapis cotonneux.

Le journaliste qui avait été envoyé sur les lieux à peine une demi-heure après la mort d'Alfred Tartepaigne s'était contenté de retranscrire les paroles du commissaire Lantrelu, qui avouait sa grande perplexité :

« Depuis une quinzaine de jours, disait Lantrelu, nos services ont été saisis d'un certain nombre de plaintes émanant toutes de commerçants bouchers et faisant état d'agressions suivies de vols de quartiers de viande de variétés diverses... »

Une liste détaillée suivait, montrant qu'aucun quartier de Paris n'était épargné : rue Montorgueil, rue Saint-Dominique, rue Maubert, avenue Gambetta, place Voltaire... L'agresseur semblait avoir déclaré une guerre impitoyable aux bouchers de la capitale. Ici trois lapins, là un quartier de bœuf, là encore trois cochons de lait, ailleurs un chapelet de saucisses de vingt kilos, un demi-veau enfin, rue Lacépède, et, cette fois, l'affaire avait mal tourné... Restait à prouver qu'il s'agissait bien de la même personne, mais s'agissait-il vraiment d'une personne et non pas d'une bête ? D'après le commissaire Lantrelu, aucun doute n'était permis : à chaque plainte enregistrée dans les différents commissariats, il était question d'une créature dépenaillée, hirsute, monstrueuse pour tout dire, armée d'une sorte de lance à la pointe effilée ! Et elle frappait toujours à l'aube, à l'heure où les bouchers déballent leur marchandise dans la quiétude de leur boutique, quand leurs clients dorment encore.

Cette fois, la Bête affamée avait tué...

Je ne pus m'empêcher de songer que, si Tartepaigne Alfred avait été moins radin, il se serait plus volontiers laissé dessaisir de son demi-veau et boirait encore son petit coup de blanc sec avec ses copains de la rue Lacépède...

« Nous conseillons, concluait Lantrelu, à tous les artisans bouchers, voire charcutiers, la plus extrême prudence. Certes, les indices sont maigres, mais sachez que nos services... bla-bla-bla. »

J'avalai la dernière des frites que Mustapha m'avait servies sur une assiette de carton et jetai le journal dans le landau qui me sert à trimbaler mon bric-à-brac de clochard.

Le Parisien s'en fut rejoindre le vieux Butagaz rouillé sur lequel je fais chauffer mes conserves, la couverture pour les soirs de grand froid, la bouteille de beaujolais remplie de pétrole dont je m'enduis le cuir quand les puces ont l'audace de s'attaquer à moi, et le balluchon bourré de caleçons et de chaussettes dans lequel roupille à longueur de journée Totor, le putois que j'ai ramassé un soir de vadrouille du côté de la forêt de Fontainebleau... Totor pue, comme tous les putois, mais que voulez-vous, je l'adore. Et c'est bien le seul putois qui ait un flair redoutable, à débusquer un quart de brie moisi dans un tas de poissons avariés !

Au moment même où j'allais partir, Mustapha m'a présenté un client, un Ivoirien du nom de Sembene Mougoumb'ha. Le sieur Mougoumb'ha brandit sous mes yeux une lettre destinée au Gaz de France, qui lui réclamait trois mois d'arriérés de factures impayées...

« Bwana le Gaz ! écrivait Mougoumb'ha,

y'en a plain les babouches que tu me demande du l'argean pour le feu-dans-la-guitoune ! ça suffi ! Jê déjha envoyi li mand'ha à toi li moua dhernié ! »

Aussitôt, j'essuyai les dernières traces de moutarde sur le comptoir de Mustapha, et, après avoir troublé la sieste de mon Totor, qui se prélassait dans mon paquet de chaussettes, je sortis mon cahier Clairefontaine et mon stylo Waterman. De ma plus belle écriture, j'écrivis :

« Monsieur le Directeur
du Centre EDF-GDF,

J'ai le regret d'attirer votre attention sur une erreur de facturation de mon compte, dont vos services semblent responsables. En effet, je me dois de vous signaler que j'ai déjà réglé les mensualités que vous m'avez réclamées depuis que j'ai emménagé dans mon studio-kitchenette, situé sous l'échangeur de l'autoroute, à cinq cents mètres de la porte de Saint-Ouen..., etc. »

Sembene Mougoumb'ha me quitta en

pliant soigneusement la nouvelle lettre, après m'avoir remis un billet de vingt francs, ainsi qu'un cadeau précieux : un petit étui de cuir à porter autour du cou, renfermant une racine de N'koro-N'koro, un arbre magique capable, affirmait-il, de faire fuir démons, esprits malins et femmes jalouses !

Après avoir passé l'après-midi aux Buttes-Chaumont à contempler les mouettes venues de la mer qui tournoyaient au-dessus du lac, je soupai, ce soir-là, d'une boîte de raviolis en compagnie de mon seul Totor qui est fou de sauce tomate, puis, à la nuit tombée, je me mis en quête d'un abri.

L'Abribus du coin du boulevard de la Villette était déjà occupé par Dudule et Nénesse, deux vieux copains de la cloche, quant aux escaliers de la station Jaurès, ils étaient pleins à ras bords de gens sans abri qui s'entassaient les uns sur les autres. J'essayai bien d'étaler les cartons qui me servent de matelas et de garer mon landau, mais Totor se mit à rouspéter dans son langage de putois et je compris qu'il voulait passer la nuit ailleurs... Je repris donc tout mon attirail et marchai jusqu'à Belleville, un quartier où j'ai logé du temps de ma jeunesse et qui, depuis, est passé à la moulinette des promoteurs qui déposent leurs grosses bouses de béton à tous les coins de rue.

Là, j'ai trouvé une grille de métro, près d'un restaurant chinois. Les couloirs souterrains dégagent une bonne chaleur qui fume dans la nuit. J'ai étendu mes cartons sur le trottoir et, avant de me coucher, j'ai noué une ficelle autour de ma cheville, une ficelle attachée à mon landau pour être sûr qu'on ne me le vole pas pendant mon sommeil !

2
Chez la mère Muzard

J'ai été réveillé en sursaut vers six heures par un cri que je dois bien qualifier d'inhumain.

Il avait neigé toute la nuit et une épaisse couche de coton poudreux et glacé recouvrait mes jambes. En ouvrant l'œil, j'aperçus aussitôt le museau de Totor qui était descendu du landau et fouinait dans le caniveau à la recherche d'un recoin où faire ses besoins...

Le cri déchira la nuit froide et s'enroula sous les arcades des magasins qui bordent le début de la rue de Belleville ; il rebondit ensuite contre les façades des immeubles neufs qui enserrent le carrefour du boulevard de la Villette, et, décidé à s'éteindre enfin, se coula le long du bitume verglacé, glissant comme sur une patinoire.

C'était un cri aigu, flûté et aérien.

Totor frissonna et, d'un bond, se réfugia au plus profond de mon landau, là où la laine puante des chaussettes sales conserve une chaleur douillette. Ahuri, encore à moitié endormi, je me dressai sur mes fesses.

Un jeune homme aux cheveux hérissés semblait pétrifié sur le seuil de la poissonnerie qui occupe l'angle de la rue et du boulevard voisin. Il était là, immobile, caparaçonné* dans une épaisse moumoute, chaussé de bottes de caoutchouc. Livide, muet à présent, il pointait son index vers une silhouette hideuse qui zigzaguait entre les voitures garées le long de la chaussée, une silhouette aux contours effrayants, dont la tête était ébouriffée par une crinière blanchie par le gel, une silhouette aux membres noueux, un fantôme squelettique qui s'estompa dans la brume du petit matin en brandissant une lance acérée.

* Caparaçonné : enveloppé, revêtu

Le Monstre tirait derrière lui, en le tenant à même la gueule, un énorme thon dont la queue dessinait une large traînée dans la neige qui tapissait le trottoir.

De Dieu de nom de nom de Dieu de tous les putois du diable !

C'était terrible !

Je me levai d'un bond et les cartons qui m'avaient servi de Thermolactyl durant la nuit valsèrent. Je me dirigeai vers la poissonnerie où le jeune homme venait de s'évanouir. Des caisses de polystyrène remplies à ras bords de poissons frais jonchaient le sol carrelé et, au passage, j'en profitai pour enfouir dans une des poches de mon imper une splendide limande encore enroulée dans un matelas d'algues !

Le jeune homme revint à lui ; hébété, balbutiant, il répétait : « Le Monstre ! Le Monstre ! » en tremblant violemment.

Surgissant de l'arrière-boutique, le patron poissonnier beugla : « Qu'est-ce que c'est ? On me vole ? », mais, sans attendre, je traversai la chaussée, empoignai mon landau et filai à perdre haleine vers le haut de la rue.

Affolé, je galopai à toute allure, de peur qu'on ne m'accuse, moi, Claude Lapoigne, Claudius Lapoignus pour les amis, d'être la Bête qui agressait les commerçants sans défense.

Mes galoches dérapaient à qui mieux mieux sur le sol gelé, je poussai mon landau tant bien que mal et Totor, encore plus trouillard que moi, pointait son museau de dessous les chiffons en couinant à chaque virage !

Une rue à gauche, une rue à droite, encore une à gauche, je courais, essoufflé. Au loin, j'entendis les sirènes de police qui mugissaient dans le quartier, comme une meute de loups lancés à mes trousses.

Il y avait à présent un trottoir aussi large que la Seine, qui longeait le parc des Buttes-Chaumont, dont les arbres se dressaient dans la lumière pâle des réverbères...

Soudain, un fracas infernal retentit dans le silence du petit matin : un car de police venait de valser sur une plaque de verglas, et emboutit un réverbère. Les flics, après un moment de stupeur, descendirent de leur camionnette pour constater l'étendue des dégâts.

Ils me virent et se lancèrent à ma poursuite.

– C'est lui ! hurla le brigadier, il correspond au signalement ! Attrapez-le !

Je maudis la curiosité qui m'avait poussé à m'approcher de la poissonnerie, et surtout le mauvais sort qui s'acharnait sur moi au point de me faire croiser – à deux reprises en deux jours ! – la route du Monstre !

Mais ce n'était pas le moment de se lamenter, il fallait cavaler !

Tout près de là, les ouvriers de la voirie avaient ouvert une tranchée d'aménagement des conduites d'électricité : je les avais vus faire au début de la semaine. Ils avaient déposé une planche en travers du trou pour permettre le passage aux piétons, et je m'y engageai en quatrième vitesse. Dès que j'eus franchi l'obstacle, d'un discret coup de talon je fis tomber la planche au fond de la tranchée.

Les flics qui me filaient le train* n'ont pas pris garde, et vlan ! en me retournant, j'ai aperçu trois képis au ras du sol ! Et ça gueulait, du fond du trou, des bordées de jurons à n'en plus finir !

Je savais également qu'à une centaine de mètres plus loin, tout près de la grande entrée des Buttes-Chaumont, les gars de l'EDF avaient garé une cabane roulante, dans laquelle ils laissaient leurs outils et leurs bleus de travail. Je les avais vus ranger la clé du cadenas sous un des garde-boue de la roulotte... Sans faire de bruit, j'ouvris la porte et me glissai à l'intérieur. Totor, épouvanté, ne couinait plus. Son petit corps tremblotait sous les chiffons et il lâchait des pets à faire fuir tous les égoutiers du monde.

Les vitres de la cabane étaient couvertes d'une croûte de givre. Je soufflai sur la glace en priant Totor de cesser son concert de gaz puants, puis, collant mon nez contre le verre gelé, je risquai un regard à l'extérieur.

* Me filaient le train : me poursuivaient (en argot).

Les flics sortaient de la tranchée. Il y en avait deux qui portaient leur collègue, et celui-là devait s'être bien amoché en plongeant dans le trou...

Le brigadier les engueulait ; ils sont tous remontés dans le car qui s'est éloigné... J'ai poussé un long soupir de soulagement.

Totor s'était calmé, mais je ne vous dis pas l'odeur qui régnait dans la cabane !

J'ai allumé un mégot glané sur le comptoir de Mustapha : un bout de gitane tout mouillé – dégueulasse à vrai dire ! – que je ne tardai pas à jeter. Totor en fit son bonheur : Totor ne répugne pas à chiquer le tabac que je ramasse ici ou là... à Noël, je lui offre une boîte de cigarillos !

C'est alors, levant les yeux vers le ciel brumeux, que je le vis de nouveau.

Le Monstre.

Il y a dans le parc des Buttes-Chaumont une petite montagne entourée d'un lac. L'île est boisée, très touffue, une vraie jungle !

Un pont de bois enjambe un ravin miniature, et les gosses y font du skateboard le mercredi.

Il était là, le Monstre, galopant sur le pont, portant sur son dos le thon qu'il avait volé à la poissonnerie de la rue de Belleville un quart d'heure plus tôt, et il courait, écrasé sous le fardeau du poisson dont la queue lui battait les mollets...

La lune brillait de son premier quartier, dans la nuit de décembre ; le Monstre courait, les épaules ployant sous le poids de ce thon, un thon énorme, qui avait sans doute eu une belle vie de thon, dans la mer bleue et libre, avant de mordre à l'hameçon d'un pêcheur malin. Et moi, Claude Lapoigne, Claudius Lapoignus pour les amis, enfermé dans une baraque de chantier en compagnie d'un putois – qui, comme tous les putois, pète à qui mieux mieux ! – je les voyais, le thon mort et le Monstre vivant, s'enfuir dans la pénombre de la colline des Buttes-Chaumont, dans le matin noir et lugubre, et disparaître dans la nuit des mystères. J'ouvris un peu la porte de la roulotte pour aérer l'atmosphère polluée par les pets de Totor puis, épuisé, m'endormis...

Une heure plus tard, je fus réveillé par les ouvriers qui venaient travailler sur le chantier. J'ai filé en douce. Le guidon de mon landau était couvert de glace et j'ai dû allumer mon Butagaz pour le réchauffer. Dans une des poches de mon imper, j'ai déniché un vieux morceau de saucisse que Totor a grignoté lentement, du bout des dents, comme s'il faisait la gueule.

De Belleville, j'ai marché jusqu'aux quais, avant de traverser la Seine pour rejoindre la rue Cuvier. Il était onze heures et demie quand j'arrivai à la loge de la mère Muzard.

Elle avait mis son panneau « la consierje ait dans l'eskalié », aussi ai-je attendu devant sa porte. Je me suis souvenu de la limande que j'avais réquisitionnée dans la poissonnerie le matin même, et je l'ai sortie de la poche de mon imperméable. Un chewing-gum,

deux tickets de métro, ainsi qu'un ruban de papier hygiénique étaient venus se coller sur les écailles, mais, d'un coup de cutter, je les ai dégagés.

La mère Muzard est arrivée, avec son balai et sa serpillière, et m'a ouvert la porte de sa loge. La mère Muzard souffre d'une infirmité étrange : quand elle était toute petite, elle s'est cassé le nez et, depuis, elle est rigoureusement incapable de percevoir la moindre odeur ! Totor peut se balader dans sa loge sans qu'elle remarque rien ; de plus, myope comme une taupe rachitique, elle est persuadée que Totor est un caniche ! Mes odeurs à moi, c'est vous dire si c'est du pipi de chat, pour elle !

Je l'aime bien, la mère Muzard. La pauvre, elle est labourée du haut en bas de sa vieille carcasse toute maigre par les rhumatismes ; ses mains sont déformées par l'arthrite, si bien que ses doigts partent en biais. Quand elle veut saisir son verre de vin – parce qu'elle ne crache pas sur le pinard, la mère

Muzard ! – elle est obligée de l'attaquer par le côté et de tordre le cou pour s'enfiler son coup de blanc sec derrière la cravate ! C'est une image : la mère Muzard ne porte pas de cravate mais une vieille écharpe qui a dû être rouge dans le temps, avant la guerre. Sur la tête – elle est chauve, mais il ne faut pas le répéter ! – elle porte un fichu couvert de petites taches rosâtres, un mouchetis de Ripolin qui remonte à la dernière réfection des peintures de sa loge, en 1934...

Je passe tous les jours chez elle, pour trier le courrier des locataires de l'immeuble, parce qu'elle ne peut plus le faire seule, à cause de ses yeux. Je sors aussi les poubelles sur le trottoir, vous pensez bien qu'avec ses trente kilos toute mouillée, elle ne peut plus soulever les containers, ça pourrait bien faire exploser ses varices, il n'en est donc pas question, parole de Lapoigne Claude...

Pendant qu'elle faisait cuire ma limande, j'ai pris le paquet de lettres que le facteur avait laissées dans la boîte et je les ai classées suivant les étages, pour qu'elle aille les déposer chez les gens. J'ai mis de côté celles destinées à monsieur Bourdiole, le propriétaire du troisième, qui a disparu voilà plus de six mois et dont on ne sait rien. Il continue de recevoir du courrier de temps en temps. Des cartes postales de sa sœur, surtout.

Tous les deux, la mère Muzard et moi, on a mangé la limande, rissolée dans une purée d'ail, et Totor a sucé les arêtes. Puis on a écouté la radio, parce que vous pensez bien que madame Muzard n'a pas la télé. La radio de madame Muzard, c'est quelque chose : son mari l'avait achetée en 1932, à *la Samaritaine*. A l'époque, c'était un modèle très moderne, mais il a pris un sacré coup de vieux, évidemment. Il faut cogner sur le coffre en bois pendant un bon quart d'heure pour le mettre en route ; il y a un trou et on voit tout le fourbi d'ampoules et de bobines. Une fois par mois, madame Muzard le nettoie au Minimir et ça fait des tas d'étincelles. Un jour, il s'est produit un événement étrange : j'ai entendu la radio des Allemands – je veux dire des Allemands pendant la guerre ! – sur la TSF de la mère Muzard... Oui, je sais, ça paraît bizarre, mais je vous jure que c'est vrai ! La radio devait radoter et se souvenir du temps de sa jeunesse, en 1943, et elle grésillait en allemand, comme sous l'Occupation ! Je lui ai lancé une savate en plein dessus, elle s'est mise à grésiller encore plus – la radio, pas la mère Muzard ! – et elle est devenue raisonnable : on a entendu le top 50 et NRJ ! La mère Muzard était heureuse d'écouter Stéphanie de Monaco et elle s'est dandinée dans sa loge en braillant *Comme un ouragan* ! Je l'ai calmée très vite : à propos d'orage, je redoutais un cyclone du côté de ses varices...

Bref, ce jour-là, j'ai pu entendre le journal de treize heures, en rotant très fort parce que, quand même, la mère Muzard avait un peu forcé sur l'ail dans lequel la limande avait cuit.

Les informations parlaient de tas de trucs

terribles, des guerres dans des pays exotiques et des famines, en veux-tu en voilà ; en fin de journal, il y a eu un petit commentaire à propos du Monstre qui s'était encore manifesté en volant un thon rue de Belleville.

Le garçon poissonnier avait fourni un signalement précis de l'agresseur : ce n'était pas une bête, mais un homme, ou quelque chose de comparable, nu comme un ver, couvert de poils, de barbe et de cheveux en bataille, armé d'une lance qui pouvait se plier (une lance qui se plie ? oui, c'était bien ce que le garçon poissonnier avait vu : la bête, enfin l'homme, le Monstre, s'était soudain dressé devant lui en dépliant sa lance...), et ce zigoto qui se baladait tout nu en plein hiver pour voler du thon à six heures du matin ne portait... qu'une chaussure ! Au pied gauche ! Le droit en était dépourvu, on avait relevé les empreintes dans la neige fraîche, il n'y avait pas de doute ! C'était une pointure 45, d'après les experts. Des photos paraîtraient dans la presse du soir.

Après les infos, la mère Muzard a allumé sa pipe, un vieux brûle-gueule qui appartenait à son mari, après l'avoir bourrée de tabac gris.

Dans sa loge, ça empestait l'ail, le poisson, le vin blanc sec et la fumée de Caporal-export. Quand la mère Muzard a enlevé ses bottes en caoutchouc pour me demander de lui couper les ongles des orteils, Totor est parti se réfugier dans mon landau : c'est vous dire les vapeurs que dégagent les pieds de ma copine.

Couper les ongles de la mère Muzard c'est pas de la rigolade, mais il n'y a que moi qui puisse le faire : elle ne peut plus se baisser à cause de ses rhumatismes et tout le monde refuse d'entrer dans la loge, vous comprenez pourquoi ? Là où ça se complique, c'est que la mère Muzard a perdu les ciseaux que je lui avais dénichés aux Puces il y a dix ans, et qu'il faut faire ça au sécateur ; elle en possède un, qu'elle astique régulièrement à l'huile de vidange pour tailler le cactus géant qui trône dans sa loge, entre l'évier et le Caddie dans lequel elle range ses clubs de golf... Oui, tous les dimanches matin, la mère Muzard et moi, on joue au golf dans les arènes de Lutèce, qui sont toutes proches de la loge de la rue Cuvier.

En sueur, après avoir tranché les ongles de la mère Muzard, j'ai fait une petite sieste dans la loge jusqu'au milieu de l'après-midi, puis j'ai repris mon landau et j'ai longé les quais jusqu'à Notre-Dame pour écouter un concert d'orgue. C'est gratuit et, quand je m'assois au beau milieu de la nef centrale, tout le monde s'écarte pour me laisser écouter la musique en paix. Totor adore l'orgue, mais se délecte plus encore du parfum d'encens qui règne dans les églises.

Le soir venu, j'ai dû trouver un abri. La neige avait continué de tomber toute la journée, et, avec le piétinement des promeneurs et le passage des voitures, la chaussée et les trottoirs étaient couverts d'une épaisse soupe grisâtre ; ça promettait pour la nuit au cas où il se mettrait à geler.

3
La Draisine...

Il a gelé à pierre fendre. Moins douze ! Je m'étais réfugié dans le métro, à la station Père-Lachaise. C'est un exercice très difficile, parce que, après le passage du dernier métro, les gens de la RATP font une ronde dans les couloirs et c'est la chasse aux vagabonds qui commence...

Si vous vous faites piquer, on vous embarque dans un grand car aux vitres peintes en gris. Quand il est plein, le car file à toute allure vers l'hospice de Nanterre, une gigantesque bâtisse sinistre comme une prison. Oh, on vous bouscule un peu, après vous avoir donné un bol de soupe et un quignon de pain, mais surtout,

surtout, on vous force à prendre... une douche ! Si ! Je vous jure que c'est vrai !

Et moi, Lapoigne Claude, Claudius pour les amis, j'ai h-o-r-r-e-u-r de l'eau. Sous toutes ses formes : minérale, de Cologne, courante ! Une fois par an, quand viennent les beaux jours, vers le 14 juillet, je pars en voyage jusqu'à Nogent, avec mon landau. Là, sur les bords de la Marne, je me déshabille et je me trempe dans le fleuve, tout nu, au crépuscule ; ça suffit bien comme ça !

Bref, j'ai mon truc pour descendre dans le métro. Depuis longtemps, j'ai repéré une grille, sur le boulevard du Père-Lachaise, près du cimetière. Je la soulève, et juste au-dessous, il y a les barreaux d'une échelle, scellés dans le ciment ; elle plonge au fond d'un puits qui débouche sur le tunnel de la ligne Nation-Étoile.

J'accroche une corde à mon landau et je le descends tout d'abord, à bout de bras, en évitant de le cogner contre les parois du puits jusqu'au sol du souterrain, à environ cinq mètres plus bas ; Totor couine tant qu'il peut, le pauvre, lui qui déteste l'alpinisme ! Puis, quand le landau est arrivé à bon port, j'agrippe les barreaux de l'échelle, je remets la grille en place et je descends à mon tour ; ça fait du sport, mais ça réchauffe, et les nuits où le thermomètre se permet des incursions à moins dix, croyez-moi, c'est mieux que de grelotter à la surface !

Le souterrain donne sur la voie, mais, à cette heure-là, les rames sont déjà au garage. Il faut encore faire une centaine de mètres le long des rails, et on arrive au quai. Il y fait chaud, on est tranquille ; je peux déballer mes cartons et me faire un matelas, Totor part à l'assaut des poubelles et finit toujours par dégoter un reste de sandwich ou un fond de paquet de chips et on s'endort tous les deux, blottis l'un contre l'autre, jusqu'au matin.

Cette nuit-là, je ronflais comme un bienheureux en rêvant au passé. Oui, comme je vous l'ai déjà dit, je n'ai pas toujours été clochard. Personne, de tous les clochards que je connais, n'est né clochard, on ne choisit pas cette vie-là comme ça, par caprice. Je ne vais pas vous ennuyer avec mes vieilles histoires, mais, pour vous résumer en quelques mots, je suis devenu vagabond parce que ma femme est morte ; ce sont des choses qui arrivent. Et moi, je n'aimais qu'elle. Quand on m'a appris qu'elle avait embouti un camion avec sa voiture en revenant du travail, j'ai compris que tout était fini. Je ne suis plus jamais retourné au collège où j'enseignais le latin à une bande de galopins... Voilà, j'ai quitté ma maison et je suis parti dans les rues.

Cette nuit-là, oui, je rêvais au passé, en ronflant comme un malheureux. Je revoyais le bord de la mer, près de Cannes, où nous allions en vacances tous les ans, le petit bateau de pêche acheté grâce à l'argent gagné avec les cours que je donnais à des petits voyous qui ne comprenaient rien au latin et me bombardaient avec des morceaux de craie dès que j'avais le dos tourné pour écrire au tableau...

Et tout à coup, à quatre heures et demie, j'ai été réveillé par des bruits stridents. C'était bien pire que la voix éraillée de la Mère Muzard, quand elle en a un petit coup dans le nez et qu'elle se met à chanter *Comme un ouragan* !

Et ça crissait dans mes oreilles, comme si on m'avait frotté les dents avec du papier de verre ! Totor, épouvanté, s'est mis à hurler à la mort. Je ne sais pas si vous avez déjà entendu un putois hurler à la mort, mais je ne vous conseille pas d'essayer !

Je me suis plaqué sur le sol du quai en me bouchant les tympans, mais rien n'y faisait. Les bruits provenaient du tunnel, en direction de Ménilmontant, la station voisine. La nuit, la RATP laisse les lumières allumées pour les ouvriers qui travaillent à réparer les voies. Et je l'ai vu.

Plus ça approchait, plus le bruit devenait insupportable.

C'était lui, le Monstre. Il a surgi du tunnel pour traverser la station.

Il était grimpé sur un drôle de petit wagon, une plate-forme que l'on actionne à la main, en poussant un levier, et que l'on appelle une draisine. Un engin qui n'existe plus de nos jours, mais dont on se servait autrefois, dans les chemins de fer, pour parcourir les voies sans être tiré par une locomotive.

La draisine était toute rouillée, couverte de toiles d'araignées, et ses roues de fer pourri hurlaient en roulant sur les rails neufs. Le bruit, c'était ça ! Comme de la tôle que l'on froisse en l'écrasant entre des mâchoires de fonte, chez les casseurs de voiture ; on vous réduit en trente secondes une Cadillac en un petit cube de métal de vingt centimètres de long !

Avec le vacarme que faisait son engin, le Monstre n'entendit même pas le hululement de Totor, terré sous mon landau. Je me suis caché sous les cartons qui me servaient de matelas.

Le Monstre était affreux, très grand, tout nu à l'exception d'un sac à charbon en grossière toile de jute, qui lui servait de slip ! Ses bras maigres et couverts de croûtes purulentes se contractaient pour lever et abaisser le levier et on voyait alors saillir de grosses veines violettes sous la peau rugueuse. Ses cuisses étaient noires, maculées de suie ou de boue, et son pied droit, nu, saignait par une plaie où s'agglutinaient quelques mouches téméraires ! Son pied gauche, quant à lui, était logé dans une grosse chaussure de type orthopédique, difforme, boursouflée, avec une tige qui remontait très haut sur la cheville !

Totor, terrorisé, lança quelques pets terribles. Ce fut un assaut de puanteurs fabuleuses. Un moment, le Monstre se dressa et, levant le nez au ciel, huma le fumet nauséabond qui avait envahi la station déserte. Il poussa un rugissement, puis secoua la tête en ouvrant la bouche. J'aperçus ses dents noires et une langue énorme, rouge vif, qu'il promena voluptueusement le long de ses babines. Des morves séchées s'étalaient en longs filaments blanchâtres sur la barbe drue qui descendait jusqu'au nombril !

J'aperçus alors le chargement qui gisait à l'arrière de la draisine : un quartier de bœuf sanguinolent et un énorme poisson – un espadon entier ! – avec son rostre dentelé, sa puissante nageoire crénelée, un espadon dont les écailles, encore couvertes de cristaux de glace, luisaient sous les néons du métro !

Poussé par ma maudite curiosité, j'avais, sans m'en apercevoir, sorti la tête de dessous mes cartons, et le Monstre rugit en découvrant ma présence. Il lâcha le levier de la draisine, sauta sur les rails et se hissa sur le quai !

Je sentis les quelques cheveux qui me restent se dresser sous mon bonnet ! Il approchait, menaçant, en tenant à la main un drôle d'objet qui ressemblait effectivement à une lance : c'était un compas, un gros compas de bois avec une pointe en fer et, sur l'autre branche, un tube avec une bague où l'on met la craie ! Un de ces compas que les profs de maths utilisent pour tracer de grands cercles au tableau noir !

Sans réfléchir, je plongeai la main dans

mon landau et grattai une allumette contre l'embout de mon petit Butagaz portatif. Une flamme bleutée apparut et je réglai la pression au maximum.

Nous étions là, sur le quai, le Monstre armé de son compas, et moi, prêt à lui roussir le poil s'il osait faire un mètre de plus !

– Calme, calme... je ne vous veux pas de mal..., ai-je murmuré dans un souffle.

Mais il n'a rien voulu savoir, et, en levant son bras armé de la lance, il s'est jeté sur moi. Nous avons roulé sur le bitume, vers la droite, tout près de la fosse où courent les rails, puis vers la gauche, vers les bancs de la station. Je lui serrais le poignet, celui qui tenait la lance, et il me broyait l'avant-bras, les griffes plantées dans ma chair, pour me faire lâcher le Butagaz !

Il était sur moi, un genou enfoncé dans mon ventre, et j'ai bien cru que c'en était fini de Lapoigne Claude...

Il a ouvert sa gueule de chicots noirs et s'est penché vers ma gorge... ça y était, je sentais déjà ses crocs fouiller sous mon cache-col !

Mais soudain il a sursauté : mon Totor venait de lui mordre un orteil ! Il a lâché ma main et j'ai dirigé le Butagaz vers le sac de toile de jute qui lui servait de culotte ! Il s'est redressé d'un bond en poussant un hurlement affreux.

Il avait maintenant le feu aux fesses et se donnait de grandes claques sur l'arrière-train pour étouffer les flammèches qui l'attaquaient. J'ai reculé d'un pas, en rigolant...

Je n'ai pas ri longtemps : entre ses dents, il tenait l'étui de cuir que je porte toujours autour du cou et dans lequel je range ma vieille carte d'identité : c'est tout ce qui me reste du temps où je n'étais pas clochard !

Il reculait vers les voies, en se tortillant de douleur et, d'un bond, il a sauté jusqu'à la plate-forme de sa draisine. Il s'est assis sur son espadon encore couvert de glaçons et s'est frotté les fesses dessus ! Une épaisse fumée envahit les quais !

Je le regardai, les bras ballants, en tenant encore mon Butagaz allumé. Il a ri à son tour en décrochant de sa barbe l'étui qui contenait ma carte d'identité, et l'a rangé dans son slip ! Puis il a empoigné le levier qui actionne l'engrenage de la draisine et l'a manœuvré comme un fou.

La plate-forme s'est éloignée en gagnant de la vitesse à chaque traction, pour disparaître dans l'obscurité du tunnel.

Je mis une bonne demi-heure à calmer Totor et à le décider de cesser son bombardement de pets ; au fait, savez-vous que les putois ne pètent pas par plaisir, comme nous les humains, mais bien pour se défendre en repoussant leurs adversaires grâce à l'odeur infecte qu'ils sont capables de produire... ?

Après l'avoir longuement cajolé, je le remis au fond du landau et j'entrepris d'escalader les marches qui mènent à la sortie de la station. L'employé de la RATP qui venait de prendre son service était très enrhumé. Il ouvrit les grilles sans rien flairer de suspect et je pus sortir alors qu'il était occupé à ranger sa monnaie en prévision du flot de voyageurs qui n'allaient pas tarder à envahir les lieux.

L'air glacé qui régnait au-dehors me fit du bien. La neige avait gelé dans les rues et les roues du landau patinaient sur un tapis blanc et dur comme de la pierre. Du Père-Lachaise, je courus jusqu'à la place de la République, où mon ami Mustapha faisait déjà chauffer l'huile des frites qu'il allait servir toute la journée. Il m'en servit un bol plein à ras bords, brûlant, dans lequel je délayai trois cuillerées de moutarde et une poignée de poivre gris avant de l'avaler cul sec : c'est une recette personnelle que je vous conseille pour les jours de grand froid (on peut ajouter une pincée de café moulu et quelques gouttes de citron pressé si on en a sous la main...). Totor lapa le fond du bol en grognant de plaisir.

Sur le transistor de Mustapha, j'entendis les dernières nouvelles du matin : cette fois, l'Ogre avait fait très fort. Un boucher assommé rue Tiquetonne, en plein cœur du quartier des Halles, à deux pas du Forum, et un poissonnier de la rue Riquet, agressé lui aussi, au petit matin : ce dernier s'était courageusement battu avec le Monstre et l'avait, affirmait-il, blessé d'un coup de couteau !

Ce n'était pas tout : des jeunes gens sortant d'une boîte de nuit, près des Halles, avaient pu photographier le Monstre alors qu'il croisait leur chemin, avant qu'il ne s'engouffre dans une bouche d'égout en emportant son butin : un quartier de bœuf d'un poids de cent cinquante kilos !

Je me précipitai au kiosque voisin pour acheter un journal. La photo du Monstre figurait en première page et une manchette en caractères gras de dix centimètres titrait :

UN OGRE À PARIS !

L'article qui suivait ne m'apprit rien de nouveau. Nulle part, il n'était fait mention de la draisine ni d'une quelconque vadrouille de l'Ogre dans le métro... J'étais donc seul à savoir. L'Ogre, puisqu'on l'appelait ainsi – et ce nom lui allait comme un gant ! – détenait mes papiers... Qu'allait-il en faire ? En me rendant chez la mère Muzard, je croisai une manif des bouchers et poissonniers de Paris et de la banlieue, qui encombrait le boulevard de Sébastopol. Ils portaient des pancartes réclamant une rafle parmi les clochards : c'était sûr comme deux et deux font quatre, l'Ogre s'y trouvait. Pour eux, la coupe était pleine, la profession était terrorisée par le Monstre qui, au petit matin, pouvait surgir à chaque coin de rue et s'en prendre aux bouchers, aux charcutiers, aux poissonniers occupés à installer leur boutique !

Je les regardai défiler, assis sur un banc, à Réaumur. Ils étaient furieux, et leurs trognes étaient rouges de colère, ce qui faisait un joli mariage de couleurs avec leurs vestes bleues à petits carreaux et leurs tabliers blancs. Certains brandissaient des couteaux grands comme des sabres d'abordage ou des hachoirs à la lame acérée. En tête de la manif figuraient ceux qui avaient vu l'Ogre – de leurs yeux vu ! –, le jeune apprenti de la rue de Belleville et le poissonnier de la rue Riquet, à présent couvert de gloire, qui proclamait d'une voix puissante :

– J'ai blessé l'Ogre, j'ai blessé l'Ogre au pied !

Personne ne m'entendit grogner :

– Et moi, crème d'andouille, je lui ai brûlé les fesses !

Deux mille gaillards rouges comme des coquelicots, agitant leurs grands couteaux sous la neige en criant : « La police : abattez l'Ogre ! La police : abattez l'Ogre ! », c'était un sacré spectacle, vous pouvez me croire !

De grosses bonbonnes de vin circulaient de bouche en bouche, dans les rangs des manifestants, avant d'aller se fracasser, vides, sur les trottoirs où les passants, impressionnés, se plaquaient contre les devantures des boutiques.

Puis les bouchers entonnèrent leur hymne, une vieille chanson que j'ai entendue du temps de ma jeunesse :

Faut qu'ça saigne,
Faut qu'ça saigne,

Faut qu'les gros puissent s'empiffrer
Faut qu'les p'tits aient à bouffer
Faut qu'ça saigne...

Je me surpris à fredonner le refrain en leur compagnie, assis sur mon banc, après avoir roulé une cigarette quand, soudain, une bouteille atterrit à mes pieds, m'aspergeant les jambes d'éclats de verre.

– L'Ogre ! hurla un boucher. C'est lui !

– Oui, c'est bien lui !, renchérit un autre, en contemplant la photo qui ornait la une du journal du matin.

Ils étaient fous, je ne ressemblais en rien au monstre que j'avais vu sur la draisine, à la station Père-Lachaise, quelques heures plus tôt !

Une seconde bouteille vola et je dus l'esquiver d'un rapide mouvement d'épaule. Horrifié, je vis les couteaux, les hachoirs, les crochets, les rapières*, les hallebardes se dresser pour me menacer !

Ce n'était pas le moment d'avoir une

* Rapière : épée longue et effilée

crampe, croyez-moi. J'ai fait du slalom entre les voitures en pilotant mon landau, avec une quinzaine de bouchers qui me couraient après ! Je connais le quartier comme ma poche et j'ai galopé dans les ruelles sans me retourner une seule fois ! Peu à peu, les cris se sont tus dans mon dos, et j'ai pu ralentir l'allure. J'avais encore le cœur qui battait à 315 en traversant la Seine, et c'est la langue pendante que j'ai sonné à la loge de la mère Muzard...

4
On joue au golf

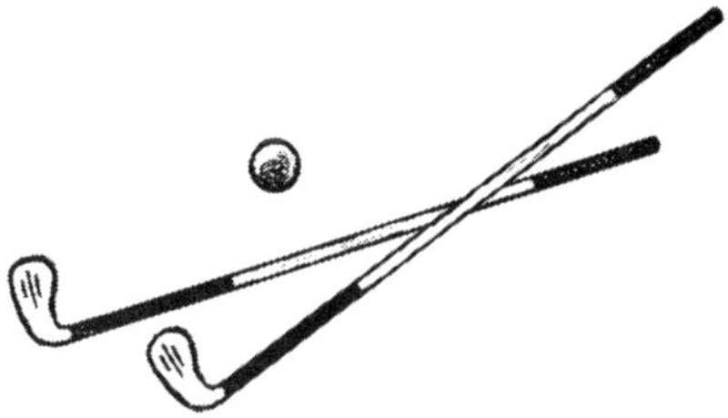

Noël approchait et les rues étaient déjà ornées de guirlandes, d'étoiles et de sapins.

Des pères Noël, en faction devant les *Prisunic,* guettaient les enfants et leur maman...

Vous pensez que la mère Muzard, elle aussi, avait décoré sa loge !

La pauvre, elle n'avait pas assez de sous pour acheter un sapin, alors son cactus faisait l'affaire ! Elle l'avait enduit de mousse Gillette pour imiter la neige (la mère Muzard rase sa moustache tous les matins...). Sur les piquants, accrochées avec de la ficelle à rosbif, tournoyaient des capsules de bouteilles de Fanta peintes au minium*...

Elle m'accueillit chaleureusement, en me versant une coupe de rouge, très inquiète de me voir essoufflé. Je lui racontai l'épisode de la manif des bouchers, sans lui révéler ma rencontre nocturne avec l'Ogre, dans le métro.

Pour dîner, elle avait préparé des tripes « façon Muzard », une recette qu'elle a inventée elle-même : plonger les tripes découpées en fines lamelles dans une casserole où a bouilli un bon litre de vin blanc doux, coupé d'un nuage de lait. Faire rissoler quelques oignons dans une casserole, à part, et les flamber au calvados. (La mère Muzard n'en avait plus et elle a pris de l'eau de Cologne, à la place.) Poivrer abondamment les tripes après avoir épaissi le jus de cuisson avec une boîte de crème de marrons, puis, quand les oignons ont réduit, ajouter deux cuillerées à soupe de curry en poudre. Servir très chaud sur un lit d'épinards légèrement chocolatés...

* Minimum : peinture utilisée pour préserver le fer de la rouille

J'ai goûté des mets plus délicats, mais celui-là vous requinque un homme en moins de deux !

L'après-midi, j'ai raclé la neige sur les trottoirs de la rue Cuvier en échange de quelques pièces de cinq francs que les commerçants me donnaient, et la nuit est venue très vite. J'ai trouvé une porte cochère déserte où installer mes cartons et j'étais bien certain que, dans cette rue où il n'y avait aucune boucherie, aucune poissonnerie, aucune charcuterie, l'Ogre ne viendrait pas traîner.

Je n'avais qu'une boîte de pilchards* à manger, et le partage avec Totor fut vite fait, après quoi je m'endormis très vite, épuisé et l'estomac peut-être un peu ballonné par les tripes « façon Muzard » que j'avais dégustées le midi.

C'est dès l'aube que les choses se sont gâtées. Les cars de police sillonnaient les grandes artères avec leur sirène hurlante. Un copain de la cloche qui courait vers les quais me renseigna aussitôt.

* Pilchard : autre nom de la sardine

– Ils cherchent l'Ogre ! dit-il. L'a attaqué un restaurant de rupins, place des Ternes, cette nuit ! L'a tout raflé, les langoustes, les coquilles Saint-Jacques... L'a tout mis dans un grand sac, et l'est parti dans les égouts...

Le lascar était essoufflé et tira une bouteille de rouge de sa musette pour en avaler un coup. Il me la proposa ensuite, et j'en torchai une petite gorgée, à mon tour.

– Mais l'en a pus pour ben longtemps, ajouta-t-il.

– Pourquoi ? ai-je demandé.

– L'a perdu ses papiers... les flics connaissent son nom maintenant. C't'un certain Lapaluche, non, Lapogne ! Non ! Lapoigne ! Voilà, c'est ça ! Lapoigne !

La police avait aussitôt organisé une chasse aux clochards. L'hospice de Nanterre devait être plein à craquer !

Le collègue m'abandonna sur place et reprit sa route. Je n'en menais pas large ! Je me voyais déjà arrêté, conduit au Quai des Orfèvres, puis en prison... L'Ogre n'était pas si bête que ça : en lançant les flics à mes trousses, il gagnerait un peu de tranquillité ! Perfide calcul !

C'était dimanche. J'ai erré dans les rues désertes en évitant soigneusement les commissariats mais, à deux ou trois reprises, j'ai croisé les flics embusqués dans leur car, et j'ai eu de la chance de ne pas me faire embarquer...

« Le » clochard était devenu l'ennemi public numéro un, le moindre vagabond avait soudain des allures de tueur. Je vis même des gens détaler à mon approche, affolés, comme si j'avais été le diable !

Prudemment, je rejoignis la mère Muzard... Elle était prête pour le golf. Le dimanche, le golf de la mère Muzard, c'est sacré ! Elle enfile son jogging, un vieux pyjama qu'elle a teint en rouge avec du jus de betterave, et des rangers que je lui ai offerts, voilà bientôt trois ans !

Le rituel est toujours le même : on traîne le Caddie jusqu'aux arènes de Lutèce, un vieux Caddie auquel il manque une roue et que j'ai trouvé dans un parking de Mammouth ; on y range les clubs. C'est des vrais clubs, ne rigolez pas bêtement. Monsieur Bourdiole, le propriétaire de l'appartement du troisième, les lui a donnés. On a même des balles. De la rue Cuvier aux Arènes, il ne faut pas plus de cinq minutes à pied, mais sur le chemin, on a toujours du succès ! L'été, on se fait engueuler par les joueurs de pétanque qui n'apprécient pas que je creuse des trous dans le sable, mais ces andouilles n'ont jamais été foutus-capables de m'expliquer comment jouer au golf sans trous...

Il faut voir la mère Muzard avec son club ! Elle cogne dans la balle comme une forcenée, malgré ses rhumatismes ! Au début, elle se faisait quelques carreaux aux fenêtres des alentours, mais, avec l'entraînement, elle est devenue très habile. Quand, par mégarde, on perd une balle, Totor va nous la chercher, et la trouve grâce à son flair : on les frotte soigneusement à l'ail avant de jouer, ce qui lui facilite la tâche. J'ai toujours quelques gousses dans une de mes poches, pour lui en donner, c'est sa petite récompense.

Mais, ce matin-là, la mère Muzard a bien vu que je n'avais pas le cœur à jouer, et que j'étais préoccupé par quelque chose de grave. Elle m'a questionné et j'ai fini par lui avouer la vérité...

– Le Monstre, lui ai-je dit, l'Ogre, comme ils l'appellent dans les journaux, je me suis battu avec lui, avant-hier soir, dans le métro ! Il m'a fauché mes papiers, et maintenant, tous les flics sont persuadés que l'Ogre et Lapoigne, c'est du pareil au même !

La mère Muzard a du cran.

– Bah, dans ce cas-là, faut qu'on l'attrape nous-mêmes ! Aussi sec, Claudius, a-t-elle crié en tapant dans la balle.

Elle était un peu troublée par ce que je venais de lui avouer dans l'élan ; elle a lâché son club qui est allé assommer un touriste japonais occupé à photographier les arènes ! On a récupéré le club en douce et on a filé très vite avec le Caddie jusqu'à sa loge.

Il ne fallait pas se laisser abattre : la première des choses à faire, c'était de prendre des forces, aussi la mère Muzard a-t-elle préparé un pâté de morue au saindoux, et comme dessert, une glace au foie de génisse.

Elle m'a laissé faire la vaisselle tandis qu'elle disparaissait dans sa chambre. Elle en est ressortie un quart d'heure plus tard, habillée comme si elle partait à la guerre !

Elle avait passé l'armure d'un de ses ancêtres, une vraie armure en ferraille qui couine de partout, et un heaume agrémenté d'une longue plume… Oui, je ne vous ai pas tout dit à propos de la mère Muzard : c'est une duchesse ! Clotilde-Berthe de Muzard-Salsempouille, voilà son véritable nom ! La mère Muzard est la dernière d'une grande famille de la noblesse : il y avait un duc de Muzard-Salsempouille à la bataille de Marignan, en 1515…

Son arrière-arrière-grand-père, qui vivait sous Napoléon, a tout perdu en jouant aux cartes, et a vendu le château de Salsempouille avant de partir aux Amériques pour faire le trappeur avec les Indiens ! La seule relique que la famille a conservée – et dont la mère Muzard a hérité –, c'est cette armure, celle que portait le duc Abélard de Muzard-Salsempouille à la bataille de Marignan. Une armure de grande valeur, que bien des musées ont voulu lui acheter, et dont elle a toujours refusé de se séparer. Depuis trois générations, les Muzard-Salsempouille sont concierges, au 8 de la rue Cuvier.

En la voyant harnachée comme pour aller au tournoi, je n'ai pu m'empêcher de rire. Elle a soulevé la visière de son heaume, vexée, et m'a demandé ce qui n'allait pas.

– Allons, mère Muzard, ai-je dit, soyez raisonnable ! Vous ne pouvez tout de même pas sortir dans la rue dans cette tenue !

– Claudius, a-t-elle répliqué, seriez-vous lâche ? Auriez-vous la frousse d'aller affronter l'Ogre ?

J'ai dû la raisonner pour la convaincre d'ôter son armure. Elle a enfin accepté de retourner dans sa chambre pour aller mettre son jogging. Elle n'y est d'ailleurs pas arrivée seule... D'une toute petite voix, elle m'a appelé. Un des joints de l'armure était bloqué, et j'ai dû le dévisser complètement.

– Il faut trouver une astuce pour coincer l'Ogre..., lui ai-je expliqué. Comment voulez-vous le capturer alors qu'on ne sait même pas où il se cache !

– Mais, Claudius, dans le métro !

– Ah, oui, dans le métro ? Il s'installe sur un quai dans la journée, et la nuit, il sort de son trou pour attaquer les bouchers ? Il est là, assis devant les wagons de première classe, tout nu, au beau milieu des voyageurs, et personne ne le remarque ?

La mère Muzard a haussé les épaules en bougonnant. D'un tiroir de sa commode, elle a sorti sa pipe et l'a allumée en me tournant le dos. Elle boudait.

Soudain, j'eus une idée.

– Mère Muzard, vous m'avez dit un jour que votre mari travaillait dans le métro, autrefois ?

– Hon... hon..., a-t-elle grogné, sans se retourner.

Je savais qu'Alphonse Muzard, qui est mort en 1938, avait fait toute sa carrière à la RATP, qui s'appelait alors TCRP, les Transports en commun de la région parisienne ; il s'occupait de l'entretien des rails...

Elle est de nouveau partie s'enfermer dans sa chambre pour revenir quelques minutes plus tard, les bras chargés d'albums de photos et de carnets poussiéreux.

J'ai feuilleté ce fourbi de vieilles images défraîchies. On voyait le père Muzard dans les tunnels, du temps où on les perçait, puis au banquet annuel des Amis du métro, ou au gala des Joyeux employés du souterrain, ou à la fête de l'Amicale des amoureux du wagon, etc., etc.

Et il y avait les carnets sur lesquels il notait tout ce qui concernait son boulot : les relevés de travaux effectués sur les rails, l'emplacement des aiguillages, l'état du matériel...

Sur l'un des carnets, je trouvai des plans

détaillés des tunnels du secteur Père-Lachaise, dont trois pages étaient déchirées. Il ne restait qu'une dentelle de papier accrochée à la reliure de carton noir.

– Où sont les feuilles manquantes ? demandai-je.

– Sais pas... Ce sont des vieilleries qui moisissent dans l'armoire depuis si longtemps !

Perplexe, je rangeai tout ce fouillis dans le sac Prisunic que la mère Muzard me tendait. Totor, qui s'était éveillé de sa sieste, tournait en rond dans la loge, à la recherche d'un endroit où poser sa crotte ! Il était l'heure de l'emmener en balade...

Nous sommes sortis, Totor et moi, faire un petit tour du pâté de maisons. La nuit tombait et les rues étaient vides. Nous avons longé le mur du Jardin des Plantes, rue Buffon, en flânant. Totor semblait d'humeur morose ; il lâchait bien un petit pet par-ci par-là, pour me faire plaisir, mais je sentais bien que le cœur n'y était pas.

Au coin de la rue Jussieu, il y a un petit

troquet où je vais boire un coup de temps en temps. J'ai raclé le fond des poches de mon pantalon et, en fouillant bien, j'ai fini par ramasser de la menue monnaie, sept francs quarante au total. De quoi me payer un petit coup de rouge ! Je suis entré après avoir recommandé à Totor de ne pas s'éloigner : il est habitué à ne pas m'accompagner dans les cafés, parce que, si la mère Muzard est comme qui dirait aveugle du nez, les patrons de bistrot ont toujours le flair pour repérer le putois qui oserait poser une patte chez eux !

Deux clients étaient assis au fond de la salle, occupés à jouer aux dominos, et le patron astiquait ses verres. La télé braillait dans un coin. Je me suis assis sur la banquette rouge pour siffler mon verre tranquillement. C'était l'heure de la pub : on voyait une belle fille, dans son bain. Elle se frictionnait avec du savon, en roucoulant. L'eau, le savon... j'étais écœuré ! Et la pub suivante vantait les mérites d'un parfum qui avait un effet magique ! J'étais démoralisé...

le générique du journal a retenti dans un bruit de fanfare et soudain, soudain, j'ai vu ma photo, celle qui était sur ma carte d'identité, apparaître sur l'écran, en gros plan !

– Mesdames, Messieurs, bonsoir ! a braillé le speaker. Voici la photo du Monstre, de l'Ogre, comme l'appellent nos confrères de la presse écrite, de l'Ogre, donc, qui attaque bouchers, charcutiers et poissonniers, au petit matin, dans les rues de Paris.

J'ai failli casser mon verre en le reposant sur la table ! J'ai rabattu mon bonnet jusque sur mon nez et je suis sorti du café sans me retourner. Totor m'attendait sur le pas de la porte et nous avons filé dare-dare jusqu'à la rue Cuvier.

– Mère Muzard ! ai-je crié en ouvrant la porte de la loge, ce coup-ci, ça devient vraiment grave !

– Faut que vous vous cachiez, Claudius, a-t-elle dit en apprenant la catastrophe.

— Oui, je vais passer la nuit ici ! Tant qu'on n'aura pas arrêté l'Ogre, je ne peux plus mettre le nez dehors, on m'accuserait tout de suite !

– Ici ? Mais où ?

– Mais chez vous, mère Muzard ! Donnez-moi un coin où dormir, je me ferai tout petit !

Elle a rougi en tripotant son tablier, puis elle a craché un brin de tabac qui s'était coincé entre ses deux dents du haut.

– Impossible, Claudius, impossible !

– Mais pourquoi, mère Muzard ? On va m'attraper, m'emmener à la police, me faire prendre une douche, envoyer Totor à la fourrière, vous n'allez pas me laisser tomber, il faut que je me cache chez vous !

Elle a soupiré si fort que la vieille lampe à pétrole qui éclaire sa loge a bien failli s'éteindre !

– Voyons, Claudius, un homme qui passerait la nuit chez moi, allons, allons, les gens jaseraient... ça en ferait, des ragots dans le quartier !

Je me suis laissé tomber dans le fauteuil, celui qui n'a plus que deux pieds et qui tient en équilibre sur un baril de lessive.

– C'est la meilleure... !

– Il y a bien une autre solution !

J'étais suspendu à ses lèvres. Elle a ouvert son armoire, a farfouillé et s'est enfin redressée en brandissant triomphalement un trousseau de clefs.

– Ce sont celles de monsieur Bourdiole, le propriétaire du troisième étage, vous savez, celui qui a disparu depuis six mois... Je vais vous cacher chez lui, là-haut, mais il ne faudra le dire à personne !

J'ai acquiescé en sifflant Totor qui était parti en expédition dans les poubelles. Sur la pointe des pieds, nous sommes montés tous les trois jusque chez monsieur Bourdiole et la mère Muzard a ouvert la porte de l'appartement vide...

5
Poursuite au Jardin des Plantes

Il y avait des années que je n'avais pas passé une nuit dans un appartement... Celui-là comportait trois pièces encombrées d'un fouillis invraisemblable et empestait le pipi de chat.

C'était d'ailleurs un appartement de chats : il y avait des chats partout : des gravures, des peintures, et des centaines et des centaines de chats ! Pas un seul vivant, évidemment ! La mère Muzard me dit que le propriétaire en possédait une bonne dizaine, des vieux matous de gouttières, mais aussi des angoras, des siamois, des persans... Ils avaient tous disparu en même temps que leur maître, au début du mois de juillet.

L'électricité avait été coupée après le départ de monsieur Bourdiole, et je dus me diriger à la lumière d'une bougie. Dans la cuisine, les gamelles des chats avaient moisi et un gros tas de boîtes de Ronron bouchait le passage. Il y avait de la sciure et des crottes séchées, toutes rabougries, qui formaient un tapis sur le carrelage... Totor partit en expédition dans ce capharnaüm, le museau frémissant, tandis que je regagnai le salon pour m'allonger sur le canapé. De vieux chandails couverts de poils de chat s'entassaient sur les coussins de cuir et je m'y allongeai, heureux de pouvoir dormir à l'abri des rafles de la police.

Je me réveillai vers deux heures du matin, en nage. Je n'étais plus habitué à un confort aussi douillet : l'air de la rue, le froid, l'écho des klaxons me manquaient. J'ouvris une fenêtre : j'étais juste en face des grilles du Jardin des Plantes et je vis le soupirail de la clinique du coin de la rue Lacépède, près duquel j'avais dormi la nuit de ma première rencontre avec l'Ogre. Un collègue de la cloche y avait trouvé refuge, enveloppé par la fumée qui montait de la chaufferie. Je retournai m'allonger sur le canapé et m'endormis derechef*.

Je fis un cauchemar épouvantable : l'Ogre était dans la loge de la mère Muzard et faisait cuire la pauvre vieille sur le réchaud ! Il ouvrait grand sa gueule toute noire et hurlait comme un loup. Je m'éveillai, terrorisé. Les chats de monsieur Bourdiole m'observaient, impassibles, du haut de leurs cadres, ou pétrifiés dans l'argile: il n'y avait pas d'Ogre, et la mère Muzard devait dormir paisiblement, dans son hamac... mais le hurlement du loup continuait !

Hou... hou... hou... je l'entendais très distinctement. Le vent qui soufflait au-dehors emportait son cri. Je me précipitai à la fenêtre : c'était effectivement un loup ! Je ne rêvais plus. J'ai éclaté de rire en réalisant que le cri provenait du zoo du Jardin des Plantes. Il y a bien une famille de loups, des loups de Sibérie, enfermés dans un enclos, tout près des quais de la Seine.

* Derechef : à nouveau

Je fermai les yeux pour mieux concentrer mon attention sur cet appel. A quoi pensaient donc les loups ? Aux plaines de Sibérie, à la neige et aux forêts de bouleaux ?

Puis j'entendis d'autres cris, des hurlements de terreur : ceux d'un animal qu'on égorgeait ? Et tous les pensionnaires du Jardin des Plantes crièrent : le cerf brama, le lion rugit, la huppe pupula, le hibou hulula, l'aigle trompetta, le chameau blatéra… ! *Et cætera !*

Et, par-dessus tous ces cris, J'en entendis un autre, inimitable, affreux : celui de l'Ogre ! Totor bondit sur mon épaule ; lui non plus ne s'y était pas trompé, c'était bien ce cri-là qui nous avait glacé la chair dans les couloirs du métro Père-Lachaise !

D'un bond, je me précipitai sur le palier, pour descendre les escaliers quatre à quatre. Totor s'était blotti dans la poche gauche de mon imperméable.

Je courus jusqu'aux grilles du zoo et escaladai le muret d'enceinte en déchirant le

fond de mon pantalon sur une aspérité de pierre.

Le grondement de l'Ogre était plus sourd, à présent. Courbé en deux, me dissimulant l'ombre des arbustes, je me dirigeai vers l'autre extrémité du parc. L'otarie, dans son bassin, s'agitait en tous sens ; de grosses bulles montaient du fond de l'eau. Tapis au plus profond de leurs cages, les singes se terraient en grappes frissonnantes. Et, dans sa fosse, le grand ours blanc tournait en rond, en levant ses puissantes pattes vers la lune blême.

J'arrivai enfin près de l'enclos du bison. Là, un spectacle terrifiant m'attendait !

Il n'y avait plus de bison. Seulement son squelette : couché sur le sol de terre battue ! Les os étaient encore chauds et fumaient dans le froid de la nuit. Par endroits, quelques plaques de viande s'y accrochaient, en lambeaux.

Mon regard était hypnotisé par cette carcasse hideuse, dont la tête seule était restée intacte : les yeux de la pauvre bête étaient grands ouverts et pleins d'effroi infini. Avec la mort, le silence s'était abattu sur le zoo.

Un bruit étrange me tira de ma torpeur. J'entendis un raclement saccadé qui labourait le gravier d'une allée toute proche. Mes yeux s'étaient accoutumés à la pénombre et je ne tardai pas à LE repérer. Il s'éloignait vers le quai, en traînant derrière lui un gros quartier de viande, un gigot de bison ! La patte entière, quelque chose d'énorme, dans les cent cinquante kilos de bifteck tout cru !

L'Ogre ! Il boitillait, ahanait* sous la charge et je pus l'observer à loisir, avec sa grosse chaussure orthopédique, son slip en toile de sac à charbon, et son compas dont la pointe était enfoncée dans la cuisse du bison !

Il escalada la grille du jardin, en tirant son butin sur l'épaule ; épuisé, il s'assit sur le trottoir, en soufflant comme une forge. Pour reprendre des forces, il planta ses crocs dans la cuisse du bison et en avala quelques

* Ahaner : respirer bruyamment sous l'effort.

bouchées. Pendant ce temps, j'eus moi aussi le temps de me hisser par-dessus les grilles et de le guetter, tapi derrière un arbre, sur le quai. Quelques voitures passèrent sur la chaussée, mais trop vite pour nous prêter attention.

Rassasié, l'Ogre se redressa et reprit sa progression. Sur le trottoir, une plaque d'égout était ouverte. Je compris que l'Ogre était venu par là et qu'il avait ainsi préparé sa fuite. Il jeta son quartier de bison dans le puits de l'égout avant d'y disparaître à son tour. J'attendis quelques secondes et me précipitai vers l'orifice.

A tâtons, je trouvai les barreaux d'une échelle et descendis... Un tunnel sombre, éclairé de place en place par des ampoules d'où suintait une lumière blafarde, s'ouvrait devant moi. Un torrent d'eaux puantes y bouillonnait. Dans l'obscurité des galeries luisaient les yeux malins des rats placés en embuscade, guettant une proie éventuelle.

L'Ogre – mais surtout son chargement de viande ! – ne tarda pas à drainer dans son sillage quelques dizaines de gaspards*, alléchés par l'odeur de la chair fraîche ! Un étroit chemin de briques glissantes courait le long de l'égout et je m'y aventurai.

Au loin, j'aperçus la silhouette difforme de l'Ogre qui portait son gigot de bison. Il progressait rapidement, et dérapait fréquemment sur le sol gluant.

Je m'essoufflais à le suivre ; le gaillard était en pleine forme et marchait à vive allure ! Il semblait connaître les égouts comme le fond de sa poche et se dirigeait habilement le long des tunnels, sans s'arrêter aux carrefours.

Les plaques, vissées dans la pierre couverte de moisissures verdâtres, portaient le nom des rues sous lesquelles nous cheminions : je pus ainsi me repérer. Nous étions à présent sous la place de la Bastille et remontions la rue de la Roquette, tout droit en direction du Père-Lachaise. L'Ogre, qui soufflait en portant sa pitance, ne se retourna pas une seule fois. La neige avait fondu et les égouts étaient

* Un gaspard : un rat (en argot)

en crue, charriant dans leur flot des paquets d'immondices qui cognaient contre les berges, si bien qu'il régnait un vacarme insensé dans le tunnel. L'Ogre obliqua sous la place Gambetta en direction de la Porte des Lilas. Les rats trottaient à ses trousses, en une cohorte disciplinée, se léchant déjà les babines à la vue de la viande.

De temps en temps, je levais les yeux vers le haut, et ne tardai pas à m'apercevoir que les réverbères, à la surface, étaient déjà allumés : la lueur de la rue pénétrait dans les égouts par les fentes des plaques rondes qui parsèment les trottoirs.

Soudain, à une centaine de mètres devant moi, l'Ogre s'arrêta. Il déposa son quartier de viande et fouilla dans son slip ! Il en tira une clé. C'est alors que j'aperçus la lourde porte de fer rouillé devant laquelle il avait fait halte. Il tripota la serrure et tira bientôt le battant de métal dont les gonds grincèrent ! Puis il disparut.

Je courus vers le renfoncement dans lequel

la porte était aménagée. Les rats, furieux de s'être laissé semer, grouillaient à mes pieds en couinant méchamment ! L'un d'eux se dressa sur ses pattes arrière et mordit le tissu de mon pantalon. Totor, qui déteste les rats, sortit de la poche de mon imper, et, son derrière braqué comme un canon vers le museau des gaspards, les aspergea d'une ribambelle de pets tous plus nauséabonds les uns que les autres ! Il s'était donné du mal, Totor, pour couvrir la puanteur qui montait de l'égout, mais, croyez-moi, les rats détalèrent en plongeant dans l'eau visqueuse, atterrés par la pestilence que le putois leur décocha dans les narines !

J'étais devant la porte close que l'Ogre venait de claquer. Je fouillai mes poches, à la recherche du vieux canif suisse qui ne me quitte jamais. Il était tombé dans la doublure, et je l'ouvris d'une main tremblante ; c'est du tire-bouchon que j'avais besoin. Je l'enfonçai d'un coup sec dans le pêne* et tournai de toutes mes forces tandis que Totor, goguenard, se moquait des rats qui pataugeaient dans l'égout !

Le pêne céda et je poussai la porte. Un boyau très étroit, d'un mètre de diamètre, s'ouvrait devant moi. A quatre pattes, je me glissai dans la pénombre. Je palpai le sol, avant de progresser ; il était jonché de débris. Je grattai une allumette et découvris des os de lapins, des carcasses de canards, de poulets... L'Ogre semait les restes de ses repas en route !

A l'extrémité du boyau, j'aboutis dans une cavité plus large, faiblement éclairée. A travers une fissure de la paroi, j'aperçus, en contrebas, les quais de la station Pelleport, le carrelage blanc et les panneaux publicitaires bariolés : une jolie femme dans une baignoire pleine de mousse, qui se frottait le cou avec un savon rose...

A mes pieds, je vis des rails rouillés, le ballast jonché de détritus et, renversée sur le

* Pêne : partie de la serrure qui se déplace quand on tourne la clé

bas-côté, une draisine dont le mécanisme était brisé. Les pièces de l'engrenage gisaient à terre, cabossées à la suite d'un accident. Elles étaient couvertes d'une couche de poussière épaisse : il ne s'agissait donc pas de la draisine que l'Ogre utilisait pour circuler dans les souterrains !

Il fallait continuer : à quatre pattes, en me guidant le long des rails, j'avançai. Deux cents mètres plus loin, je rencontrai une grille enveloppée de toiles d'araignées, si touffues qu'elles formaient un rideau qui collait aux doigts dès qu'on y glissait la main ! La grille barrait le passage, mais les rails continuaient de l'autre côté !

J'inspectai la serrure et ne tardai pas à m'apercevoir qu'elle avait fonctionné récemment : on avait nettoyé l'épaisse couche de poussière qui entourait le trou...

Je m'assis par terre, abasourdi. L'Ogre se déplaçait dans de vieux souterrains désaffectés, et sa tanière ne devait pas être loin ! Il y avait sûrement une connexion entre ce boyau exigu et les voies puisque j'avais vu la draisine s'aventurer sur les rails de la ligne Étoile-Nation.

Je rebroussai chemin et, dans le dédale des égouts, je rejoignis les abords du Jardin des Plantes. Il régnait une grande agitation dans l'enceinte du zoo ; des cars de police étaient garés le long des grilles d'entrée près du Muséum d'histoire naturelle, et une armada de journalistes, bardés d'appareils photo, couraient en tous sens dans les allées.

Les animaux, dérangés dans leur sommeil, grognaient ou rugissaient. Toute la journée, il leur fallait subir le flot des visiteurs, se faire asperger de cacahuètes et de papiers gras, endurer les cris stridents des gosses, faire le beau sous les flashes des Polaroïd, et voilà que, la nuit, on ne pouvait plus roupiller tranquillement ! Vous parlez d'une vie, quand on est un loup de Sibérie, un aigle du Kamtchatka ou une tortue du Népal !

Les reporters de la télévision filmaient la carcasse décharnée du bison, sa tête puissante, intacte, qui surmontait un amas d'os où s'encroûtaient encore quelques filaments de viande. Je me demandai comment l'Ogre avait fait pour avaler toute cette chair. Il ne restait r-i-e-n du bison, à l'exception de la tête ! Il ne pouvait avoir tout dévoré, c'était impossible !

Il valait mieux ne pas s'attarder dans les parages ; aussi regagnai-je à pas de... loup l'immeuble de la mère Muzard. A tâtons, je me dirigeai vers l'appartement de monsieur Bourdiole pour m'affaler sur le canapé. Je m'endormis aussitôt, épuisé, tandis que Totor montait la garde, le museau près de la fenêtre...

6
Un étrange carnet

La mère Muzard me réveilla en tambourinant à la porte vers huit heures et demie. Elle portait un plateau où fumait un gros bol de tripes au cacao, agrémentées d'un assortiment de bretzels. J'avalai cette collation en moins de trente secondes et poussai un rot tonitruant, qui fit sursauter Totor.

– A la bonne heure, Claudius ! s'écria la mère Muzard. Ça fait vraiment plaisir de vous préparer de bons petits plats...

Je lui fis le récit de la nuit que je venais de passer ; elle m'écouta, épouvantée. Elle avait effectué sa petite tournée dans le quartier : mon portrait était placardé à la devanture de toutes les vitrines ! Les poissonniers maudissaient l'Ogre, les bouchers proposaient d'en faire des brochettes, les marchands de légumes soulignaient qu'avec toute la viande qu'il ingurgitait, il devait manquer de vitamines... Quant aux droguistes, ils exhibaient en vitrines de gros pièges à ours aux dents crénelées, et des kilos de mort-aux-rats, rebaptisée pour la circonstance mort-à-l'Ogre !

Par bonheur, la photo qui figurait sur la carte d'identité que m'avait chipée l'Ogre datait de plus de quinze ans : depuis, je m'étais laissé pousser la barbe et mes cheveux étaient tombés, mais, en faisant bien attention, on pouvait me reconnaître...

Le charcutier de la rue Daubenton, ajouta la mère Muzard, cachait un fusil sous son comptoir et se promettait de trouer la peau de l'Ogre, ce fameux Claude Lapoigne, qui semait la terreur dans tout Paris.

J'imaginai déjà les chevrotines*, brûlantes, pénétrant dans le gras de mes fesses !

* Chevrotines : balles pour tirer le chevreuil, les bêtes sauvages

Depuis le matin, les badauds s'agglutinaient devant l'entrée du Jardin des Plantes pour admirer la carcasse du bison. On faisait la queue pour la photographier et les instituteurs qui avaient amené leur classe en profitaient pour glisser en douce une petite leçon d'histoire-géo sur l'Amérique, les Indiens et Buffalo Bill !

La mère Muzard m'abandonna à mon triste sort... Je tournais en rond dans la cambuse* de monsieur Bourdiole en écrasant de temps à autre une des crottes de chat qui parsemaient le plancher.

Monsieur Bourdiole possédait une abondante bibliothèque remplie de vieux journaux sur lesquels les chats avaient aiguisé leurs griffes.

Le papier tombait parfois en lambeaux et de gros nuages de poussière s'en échappaient quand j'ouvrais un nouveau numéro. *L'Illustration, le Matin, l'Assiette au beurre, Paris-Soir* : il y avait là un véritable trésor de vieilleries que les bouquinistes des quais

* Cambuse : logis pauvre, mal tenu

revendent à prix d'or aux collectionneurs. J'y trouvai des photos des chantiers de percement des tunnels du métropolitain, remontant aux années 1910-1914 ! On y voyait les avenues de Paris éventrées par la pioche des terrassiers, les montagnes de pavés et de terre qui s'élevaient aux carrefours, les omnibus jadis tirés par les chevaux et mis au rencart*...

Et soudain, dans tout ce tas de papier qui sentait le moisi, je découvris un des carnets du père Muzard, un carnet noir, couvert de toile goudronnée !

Il était caché sous une pile de revues de mode et je vis l'étiquette collée sur la couverture : Alphonse Muzard, relevés de travaux, 1934-1938... L'écriture du père Muzard était belle, élégante, vous ne pouvez pas l'imaginer, vous qui écrivez au stylo bille, mais, dans le temps – et ce n'est pas si vieux ! – on traçait ses lettres avec une plume Sergent-Major, une pointe d'acier que l'on trempait dans un encrier et avec laquelle il fallait faire des

* Mis au rencart : abandonné (familier)

pleins et des déliés, des minuscules comme ci et des majuscules comme ça.

Soudain émoustillé, je parcourus les notes du père Muzard :

« 17 avril 1935 : aiguillage en panne à Père-Lachaise, changer le rail gauche à l'embranchement Ménilmontant : deux heures de travail... »

Puis, plus loin :

« Draisine n° 2011 endommagée dans l'entrepôt Nation envoyée à la réparation le 15 janvier 1938... »

Plus loin encore :

« Fissure dans le tunnel entre Belleville et Place des Fêtes. Faire vérifier par les services compétents... »

Mon attention fut attirée par une page à demi déchirée, couverte de griffonnages et de courbes savantes, avec des calculs d'angles et des sinus, des cosinus et du charabia comme s'il en pleuvait !

La moitié de la page manquait, arrachée du carnet soigneusement tenu par le père Muzard, autrefois.

Que faisait donc ce document chez monsieur Bourdiole ?

L'avait-il volé au père Muzard ? Et pourquoi ces fragments déchirés ?

Les journaux gisaient sur le sol, épars.

Totor grignotait un vieux bout de gruyère rance qu'il avait déniché sous le Frigidaire éteint. Il vint farfouiller entre mes jambes en grognant de plaisir.

Il fallait en avoir le cœur net. Ce Bourdiole m'intriguait. Disparaître un beau jour de chez soi, en emmenant ses chats ? Pour aller où ?

Dans la lourde armoire normande qui trônait dans la chambre, je trouvai un tas de vieux vêtements rongés par les mites.

Des imperméables, des duffel-coats, des pantalons à revers que portaient les zazous pendant la guerre et qui reviennent aujourd'hui à la mode et… un costume d'employé de la RATP, froissé et lustré, gris perle, avec une casquette ornée de trois étoiles. Je le sortis de l'armoire et, dans la doublure, découvris une étiquette brodée à la main sur laquelle des lettres rouge vif se détachaient : Muzard Alphonse... !

Le bas du pantalon était très sale, et, en y frottant l'ongle de l'index, je raclai une poussière fine et poudreuse. Je sifflai Totor qui ne tarda pas à émerger de l'édredon sous lequel il s'était installé pour déguster son vieux morceau d'emmenthal moisi. Il renifla la poussière du bout de son museau et ses babines se retroussèrent : Totor grognait, griffait le plancher en agitant sa queue ! Il se précipita à la fenêtre et hurla en direction du Jardin des Plantes !

J'étais fixé : le flair de Totor ne trompe jamais... Cette poussière qui maculait le pantalon de monsieur Bourdiole, Totor l'avait déjà humée dans les souterrains où nous avions rencontré l'Ogre !

Il ne fallait pas en rester là : je me mis à fouiller méthodiquement l'appartement de monsieur Bourdiole. Je soulevai quelques lattes du plancher sans rien y découvrir d'intéressant, retournai les coussins du canapé, inspectai minutieusement la cuisine, sondai l'évier, les toilettes, où s'entassaient des kilos de sciure à chat, puis, réalisant ma bêtise, je m'attaquai à une pièce que je n'avais pas encore visitée, attenante au salon, et dont la porte était soigneusement verrouillée.

A l'aide d'une grosse tenaille, j'arrachai les gonds. La porte céda en faisant un bruit épouvantable et je pénétrai dans le bureau de monsieur Bourdiole !

Il y avait des tas de livres, des livres de mathématiques, de géométrie, un portrait d'Archimède, un boulier chinois, des règles à calcul et un grand tableau noir. Des formules algébriques s'y étalaient, griffonnées à la craie. Les X et les Y se livraient une bataille acharnée ! Sur un autre tableau, les triangles isocèles luttaient contre les trapèzes, le cercle protégeait son rayon contre les attaques d'un carré intrépide, qui tentait de l'enfoncer d'un coup d'angle à 90° de derrière les fagots !

Par terre, couverts de poussière de craie, gisaient un grand rapporteur jaune et une équerre cabossée qui avaient dû connaître bien des tableaux, des générations de boîtes de craies. Une équerre et un rapporteur qui avaient servi à démontrer des tas de théorèmes et connaissaient la géométrie par cœur !

Il manquait un instrument à cette panoplie : le compas... Le compas que l'Ogre trimballait dans les couloirs du métro – celui dont il m'avait menacé, moi, Claude Lapoigne ! – le compas qu'il brandissait telle une lance en attaquant bouchers et poissonniers, de Clichy à Montparnasse, de Gambetta à la Villette !

Près du tableau était accroché un diplôme, encadré sous verre :

« Monsieur Bourdiole Eugène, professeur de mathématiques de première classe, reçu au concours général, le 3 juin 1951... »

J'arrachai la photo du sous-verre, et à l'aide d'un crayon gras qui traînait sur le bureau, je couvris le visage d'un amas de traits noirs, imitant cheveux, barbe et poils, verrues, croûtes et boutons : dans le mille ! J'avais le portrait de l'Ogre sous les yeux !

Eugène Bourdiole avait volé les plans du métro au mari de la mère Muzard, se cachait à présent dans les souterrains et ne sortait de sa tanière que pour attaquer les bouchers ou tuer les bisons !

Incroyable ! Était-il devenu fou ? Sans doute ! Était-il malade ? Assurément !

Le loup-garou des temps modernes ? L'Ogre du XXe siècle ? Le Dracula du Métro ? Le Frankenstein du Jardin des Plantes ? Je savais son nom : Bourdiole Eugène !

Ce qui ne m'avançait à rien ! Il me fallait une preuve bien plus solide que cette histoire de compas et de pages arrachées au carnet d'un employé de la RATP, mort depuis plus de cinquante-cinq ans...

Je m'assis à même le sol couvert de poussière de craie et fermai les yeux. Je me remémorai la silhouette terrifiante du Monstre,

affublé de son slip en toile de jute, courbé sous le poids du thon volé rue de Belleville...

La chaussure orthopédique au pied gauche ! Ça, c'était une preuve ! Les flics avaient relevé les empreintes dans la neige et il suffirait de leur apporter un soulier identique pour les convaincre...

Je partis en expédition dans l'appartement et dénichai enfin un petit placard où étaient rangées trois paires de bottines. Indubitablement, le pied gauche de chacune d'elles n'était pas normal. Renforcé d'un épais talon, il enflait à la hauteur de la cheville et on pouvait palper une solide tige de métal dans la gaine de cuir qui enserrait le mollet. L'Ogre souffrait d'un pied-bot !

J'éclatai de rire sous le regard étonné de Totor. Il fallait appeler la police tout de suite, montrer mes preuves et faire arracher mon portrait de toutes les boutiques où il figurait !

– Mère Mu-za-a-a-rd ! hurlai-je après m'être penché par-dessus la rambarde de l'escalier.

Je guettais le rez-de-chaussée, mais elle

descendit du septième étage où elle était occupée à astiquer le parquet du palier.

– Claudius ! cria-t-elle, vous êtes devenu fou ?

Je l'entraînai à ma suite dans le gourbi de monsieur Bourdiole, lui fis part de mes déductions. Elle fut atterrée de découvrir les affaires qui avaient appartenu à son mari chez le propriétaire du troisième !

– Avant la mort de mon pauvre mari, dit-elle, ils étaient assez copains, tous les deux. Ils allaient faire le tiercé ensemble, le dimanche matin...

Je l'informai ensuite de mon projet d'aller trouver la police, preuves en main.

– Impossible ! dit-elle.

– Et pourquoi donc ?

– Je n'ai pas le droit de faire entrer des étrangers ici !

– Et alors ?

– Alors ? La police voudra savoir comment vous avez pu pénétrer chez monsieur Bourdiole, et crac, la mère Muzard se retrouvera au bagne, à Cayenne, à casser des cailloux ! Avec un boulet de fonte accroché au pied !

Je tentai de la raisonner. En vain. La mère Muzard, quand elle a décidé quelque chose, c'est borné, obtus, bouché et compagnie ! Têtue comme une bourrique sourde, elle devient la duchesse Clotilde-Berthe de Muzard-Salsempouille !

– Bon, soupirai-je, j'irai traquer l'Ogre, cette nuit...

Je rentrai chez monsieur Bourdiole en claquant la porte. Il était dix heures. J'avais jusqu'à la nuit pour échafauder un plan qui me permettrait de capturer le Monstre.

7
Taïaut ! Taïaut !

Je passai tout l'après-midi à inspecter dans les moindres recoins les trois pièces dans lesquelles monsieur Eugène Bourdiole, professeur de mathématiques de son état, avait vécu avant de se décider – sur quel coup de tête ? – à faire l'Ogre...

J'espérais découvrir un indice, une piste quelconque qui me permettrait de le prendre au piège. Nulle part, hélas, dans les piles de journaux qui encombraient les couloirs, je ne découvris un nouveau carnet ayant appartenu au père Muzard, aucun plan de ces galeries du métro dans lesquelles l'Ogre avait installé sa tanière.

J'étais découragé quand la nuit tomba. Je n'avais pas d'armes et il ne fallait pas escompter attaquer le Monstre à mains nues ! Je voulais le capturer en flagrant délit de vol de viande ou de poisson, pour qu'il n'y ait aucun doute possible : je devais le surprendre son butin à la main, et le livrer à la police pour qu'enfin on cesse d'embêter les clochards, les miséreux qui grelottent dans le froid de la nuit... Et surtout pour qu'on arrache les portraits de Lapoigne Claude de toutes les vitrines où ils se trouvaient affichés !

Une arme ! Il me fallait quelque chose de sûr, un instrument qui permettrait de l'immobiliser sans le tuer... ! Les chasseurs de fauves utilisent des cartouches hypodermiques, des seringues que le fusil projette dans la chair de l'animal en libérant leur contenu : un puissant somnifère qui vous endort un lion en moins de temps qu'il n'en faut pour le dire. C'était l'idéal, mais je n'en avais pas...

Une bombe de gaz paralysant ? Non, je

devrais approcher trop près la Bête pour lui en lancer une giclée dans les narines ! D'ailleurs, je n'avais pas assez de sous pour en acheter une ! Et les armuriers avaient peut-être mon signalement !

Je me rongeais les ongles en passant en revue toute la panoplie qui vous permet de trucider votre prochain, sans résultat.

Soudain, mon regard se posa sur un petit tableau accroché au mur de la chambre : il représentait le bord de la mer, en été. Les taches rouges des parasols se noyaient dans l'éclat d'un champ de coquelicots voisin, et la mer, d'un bleu turquoise, moutonnait d'écume blanche... J'avais trouvé l'idée !

Je descendis quatre à quatre les escaliers et enfonçai la porte de la loge de la mère Muzard. Elle épluchait des pommes de terre en prenant un bain de pieds dans une grosse bassine d'eau fumante dans laquelle elle avait jeté quelques crottins d'âne du Jardin des Plantes : un remède souverain contre les cors au pied !

– On frappe avant d'entrer, Claudius..., dit-elle d'un air sévère.

Elle boudait encore !

– Allons, la mère Muzard, lui dis-je, personne ne m'a vu, personne ne saura jamais que j'ai dormi au troisième, ne vous inquiétez pas ! J'ai... un service à vous demander...

– Ah oui ? ronchonna-t-elle en versant une casserole d'eau très chaude dans son bain de pieds. On ne veut pas que la mère Muzard mette son armure pour aller bouter l'Ogre hors du métro, mais on compte sur elle pour...

– Ça suffit ! criai-je en frappant du poing sur la table.

Sous l'effet du choc, toutes les pommes de terre qu'elle avait épluchées tombèrent dans le bain de pieds. J'étais confus.

– Voilà, repris-je, vous vous souvenez, quand vous alliez à la pêche ?

Quelques années plus tôt, quand ses rhumatismes ne la tourmentaient pas trop, la mère Muzard allait taquiner le goujon dans la Marne. Elle se levait tôt, prenait un train de banlieue et descendait deux stations après Meaux. Oh, n'allez pas croire que la mère Muzard jetait une ligne dans le courant et attendait que le poisson morde : ce serait mal la connaître ! Elle pêchait au filet !

D'un voyage en Bretagne, elle avait rapporté un morceau de chalut, qu'elle avait rafistolé tant bien que mal, et, debout dans l'eau jusqu'à mi-cuisses, elle lançait son filet en travers du fleuve, puis le tirait jusqu'à elle ; il était rempli de vieilles godasses, de poêles à frire cabossées, de boîtes de conserves rouillées ; quelques malheureux poissons frétillaient au beau milieu de ces épaves couvertes de vase, et la mère Muzard les faisait cuire aussitôt, pour les déguster en paix, en contemplant les gros camions qui filaient sur l'autoroute, tout près de là...

– Votre filet : où est-il ? Comprenez-moi, je pourrais le lancer sur l'Ogre et le ligoter sans risques il serait empêtré dans les mailles !

– Claudius, s'écria-t-elle, c'est une idée de génie !

Les pieds dégoulinant d'eau, elle fila dans sa chambre et disparut sous son lit. Elle refit surface vingt secondes plus tard, avec le chalut !

Elle l'étala sur la toile cirée qui couvrait la table et nous l'inspectâmes attentivement. Il était en parfait état, à peine fallut-il ravauder* quelques mailles par-ci par-là pour lui rendre sa solidité.

– Voilà, dis-je, je vais aller jusqu'à la grille derrière laquelle l'Ogre a disparu, dans les souterrains, là je l'attendrai ! Je le suivrai jusqu'au-dehors et quand il se préparera à assommer un boucher, zou, je lancerai le filet !

– Claudius, je viens avec vous !

– Non ! C'est trop dangereux, je ne veux pas !

– Si ! dit-elle d'une voix terrible. Si vous refusez, je ne vous prête pas le filet ! Alors ?

Puis elle s'empara de la masse d'arme – une grosse boule de fer hérissée de piquants ! – que son ancêtre le duc Abélard de Muzard-

* Ravauder : raccommoder à l'aiguille.

Salsempouille portait à la bataille de Marignan, en 1515. L'engin reposait près de son lit, à côté de l'armure.

– Vous le capturerez avec le filet, cria-t-elle, et s'il fait mine de se rebeller, je l'assommerai avec ça !

Avant la guerre, elle avait poursuivi un cambrioleur avec ce casse-tête et le malheureux s'était rendu en criant grâce. La police lui avait d'ailleurs décerné une médaille qu'elle portait encore, de temps en temps, les jours de fête.

Il était près de minuit lorsque nous sortîmes de la loge. Je portais le chalut sur moi, noué autour de la taille, dissimulé par mon imperméable. Dans une de mes poches, j'avais enfoui une bobine de fil électrique qui me permettrait de ficeler l'Ogre comme un rosbif !

Totor me suivait en trottinant. La mère Muzard était harnachée d'un sac à dos dans lequel elle avait déposé la masse d'arme.

Nous sommes descendus en catimini jusqu'aux quais, et j'ai soulevé la plaque d'égout sous laquelle l'Ogre avait disparu.

Ce fut harassant de rejoindre le tunnel désaffecté, près de la station Pelleport. Je montrai à la mère Muzard la grille qui barrait le passage : là, quelque part dans ces souterrains déserts, l'Ogre se cachait !

La mère Muzard voulut faire sauter la grille à coups de masse d'arme, mais je l'en dissuadai... Je voulais capturer le monstre à l'air libre, la main dans le sac, devant une boucherie !

Je poussai la mère Muzard vers un renfoncement de la voûte, une sorte de grotte noire et humide ; quelques caisses remplies de ces gros boulons, qui servaient autrefois à visser les rails sur les traverses, y étaient entassées en vrac. Allongés derrière les caisses, nous n'avions plus qu'à attendre.

A intervalles réguliers, nous entendions les grondements des rames de métro qui passaient tout près de nous, quelque part derrière ces parois et ces tunnels déserts qui couraient dans le sous-sol de Paris, comme les trous dans une meule de gruyère !

Il était plus d'une heure et demie quand nous entendîmes le couinement insupportable des roues de la draisine contre les rails rouillés !

Je levai légèrement la tête par-dessus les caisses et je vis une lueur falote* trembloter au bout du tunnel. L'Ogre arrivait, juché sur la draisine, tenant entre ses dents une torche dont les flammes venaient lui lécher les cheveux !

Il y eut un tout autre bruit, qui s'amplifia quand l'Ogre gara son engin contre la grille. C'est alors que je vis des ombres difformes danser sur les murs couverts de salpêtre... Des oreilles pointues, de longues moustaches, des queues hérissées de poils ! Je crus que l'Ogre était entouré de démons ! Totor, affolé, se blottit contre moi en rentrant sous mon imper.

L'Ogre descendit sur les rails. Il était au milieu de centaines de chats, de gros matous

* Falote : insignifiante

voyous, qui se frottaient contre ses mollets en ronronnant.

– Doucement... doucement ! gronda l'Ogre d'une voix caverneuse.

Les chats miaulaient furieusement. L'un d'eux sauta même sur la tête de son maître, imité par un autre qui planta ses griffes sur les épaules du Monstre ! Il s'agissait de deux splendides angoras gris, mais leur poil était couvert de salissures.

– C'est Pompon et d'Artagnan..., chuchota la mère Muzard, je les reconnais : ils vivaient avec lui, dans son appartement, rue Cuvier !

L'Ogre les chassa d'une bourrade.

– Non..., dit-il, vous restez ici : vous êtes trop nombreux !

Une clameur de miâââouou-miâââouou monta de la meute de greffiers* qui grouillaient à ses pieds.

C'était donc ça : l'Ogre était un goinfre, mais, s'il écumait les boucheries, les poissonneries, les charcutiers, s'il avait tué le bison,

* Greffiers : chats (par plaisanterie)

c'était aussi pour nourrir son bataillon de chats !

– Hein ? demanda l'Ogre, que voulez-vous ce soir ? Des cochons de lait ? Du sanglier ? Du gigot ? Ou un bon petit thon ?

Les chats miaulèrent de plus belle.

– Comment ? dit l'Ogre, une gazelle ? Vous en avez de bien bonnes, vous ! C'est que je me suis fais repérer, au Jardin des Plantes... enfin, je vais essayer ! Allez, couchés ! Et soyez sages !

L'Ogre, tenant sur l'épaule son compas long d'un mètre, manœuvra la serrure de la grille et abandonna ses chats. Il passa juste devant la cavité où nous nous cachions, sans même tourner la tête.

Je secouai la mère Muzard et nous nous glissâmes dans l'ombre du tunnel, à une trentaine de mètres derrière lui.

Nous quittâmes bientôt le tunnel pour rejoindre les égouts, par un petit puits situé sous la rue de la Roquette : je m'y étais écorché les mains en suivant l'Ogre la nuit précédente !

La mère Muzard, encombrée de son sac à dos, avec ses genoux cagneux et oxydés par les rhumatismes, suait à grosses gouttes pour suivre la cadence ! Totor se tordit une patte et couina de douleur.

Il fallait courir le long des collecteurs*, en prenant soin de ne pas glisser. Je dus rattraper la mère Muzard à plusieurs reprises, alors que, déséquilibrée par les vingt kilos de son casse-tête, elle faisait de grands moulinets des bras, prête à piquer un plongeon dans les eaux puantes...

– On va l'avoir, Claudius ! sifflait-elle en reprenant sa respiration.

Nous sommes sortis des égouts près du pont d'Austerlitz. Il était trois heures du matin. L'Ogre escaladait déjà le portail du Jardin des Plantes. Totor l'a suivi en se faufilant entre les barreaux. Les loups avaient deviné la présence du monstre et hurlaient au clair de lune. J'ai hissé la mère Muzard par-dessus le muret qui longe le Muséum

* Collecteur : conduite d'eau, canalisation

d'histoire naturelle, en la poussant sous les fesses. Elle gloussait comme une vieille poule et atterrit les quatre fers en l'air à l'intérieur du Jardin. De toutes mes forces, j'expédiai le casse-tête par-dessus les grilles et il se planta dans le gravier, sous un marronnier. Puis, à mon tour, je franchis l'obstacle. La mère Muzard avait déjà récupéré son arme ; je vis la silhouette hirsute du monstre pénétrer dans la ménagerie. Totor nous attendait tout près de là et tournait en rond en lançant de petits cris d'excitation.

En quelques bonds, nous le rejoignîmes. Je dénouai le chalut enroulé autour de ma taille et me préparai pour l'assaut ! L'Ogre pointait le nez en l'air et humait les odeurs du zoo, les puissants remugles* des lions, l'haleine lourde des chameaux, le parfum chenu* des bouses de buffle, les senteurs âpres échappées du vivarium des crocodiles !

Il se dirigea vers l'enclos des gazelles et leva

* Remugle : ici, odeur nauséabonde
* Chenu : de qualité supérieure (langage populaire)

son compas, comme un javelot. Les pauvres bêtes, effrayées, galopaient dans leur réduit en se cognant au grillage. L'Ogre prenait tout son temps pour viser : elles ne pouvaient lui échapper !

– Allez ! soufflai-je, on l'attaque !

La mère Muzard eut un rictus affreux et se redressa, casse-tête à la main.

– Taïaut ! Taïaut ! hurla-t-elle en avançant vers l'Ogre.

– Mais non ! bougonnai-je, je devais d'abord lui lancer le filet !

L'Ogre avait entendu les cris de la mère Muzard et se retourna. Cette vieille folle de duchesse de Salsempouille courait sur la pelouse, près du parc des kangourous. Il faisait très sombre malgré la lune et les lumières des réverbères du quai de la Seine, toute proche : elle ne vit pas les arceaux qui séparent le gazon de l'allée de gravier, trébucha et... s'étala à plat ventre aux pieds de l'Ogre ! Elle ne bougeait plus !

L'Ogre rugit puissamment et brandit son

compas très haut au-dessus de sa tête. Il allait le planter dans le dos de la mère Muzard ! J'ai hurlé, moi aussi. Il sursauta et me vit, armé de mon filet.

Il sautillait à droite, à gauche, à gauche, à droite, comme un boxeur, et je tentais de suivre le mouvement. C'était lui ou moi. Je devais l'emprisonner sous le filet avant qu'il ne jette sa lance ! Je me décidai enfin et, d'un mouvement circulaire du bras, expédiai le chalut en l'air ! Il se déploya comme une grande toile d'araignée avant de retomber. Trop loin ! Le filet s'affala sur un banc. J'étais désarmé devant l'Ogre !

Il ricanait et je sentis mes genoux jouer des castagnettes. Je me mis à galoper vers la sortie du zoo, espérant au moins l'éloigner de la mère Muzard !

J'étais plus gros, plus gras qu'elle, plus tentant pour les chats du Monstre ; sans doute est-ce la raison qui le poussa à me filer le train !

Je me voyais déjà découpé en tranches et transformé en Ronron !

8
La confiture de rats

Je traversai à toute allure l'esplanade du Jardin des Plantes en direction de la grande bâtisse noire de Muséum. J'entendais le souffle rauque de l'Ogre me fouetter la nuque !

A vingt mètres devant moi, la façade du musée se dressait : j'allais m'y écraser... l'Ogre lancerait son compas, et on n'entendrait plus jamais parler de Lapoigne Claude ! C'est alors que je vis une fenêtre au rez-de-chaussée ! J'y plongeai en couvrant ma tête à l'aide de mes deux bras repliés. Il y eut un épouvantable bruit de verre fracassé et je sentis une douleur fulgurante qui irradiait du front pour envahir ma tête entière. Je me relevai cependant et, ignorant la douleur, j'avançai dans un couloir sombre.

Je m'y lançai en titubant, et mes galoches dérapèrent sur du carrelage blanc. Un second couloir formait un coude avec le premier, et je poursuivis ma route, à l'aveuglette. Il me semblait que ma tête avait doublé de volume ! En me palpant le front, je sentis une énorme bosse, sur le haut du crâne.

Hors d'haleine, je débouchai enfin dans la grande salle du Muséum, là où sont exposés les squelettes des monstres préhistoriques !

Le diplodocus, gigantesque, se dressait sous la verrière, entouré de quelques autres bestioles tout aussi colossales ! La galerie, immense, baignait dans un silence flasque, poisseux. On y voyait à peine : les rayons de lune pénétraient en biais dans la salle et, de place en place, une veilleuse anémique* brillait d'une lueur pâlotte.

A bout de souffle, je m'aplatis contre

* Anémique : faible

un socle sur lequel trônait un ptérodactyle. Je disparus dans l'ombre de ses ailes déployées, griffues... et couvertes de poussière !

L'Ogre était là, lui aussi. J'entendais sa chaussure orthopédique racler le plancher ciré. Je le vis escalader le diplodocus, grimper de vertèbre en vertèbre, et, parvenu au sommet, flairer la galerie, comme un fauve à la recherche de son gibier !

Il descendit de son perchoir, avec une surprenante agilité, et déambula dans les allées, sa lance à la main. Je retins mon souffle, jusqu'à sentir les veines de mes tempes enfler. Ma bosse me faisait terriblement mal.

Il était à présent à l'autre extrémité de la galerie, fouillant parmi les squelettes exposés, bousculant un animal empaillé, renversant un bocal de je ne sais quels boyaux de singe ou de hibou !

Il ne fallait pas rester là ! A quatre pattes, je me dirigeai vers le couloir par lequel j'étais arrivé. J'y arrivai presque quand le gyrophare d'une ambulance, qui remontait la rue Buffon, lança des éclairs bleutés dans la galerie. L'Ogre m'aperçut et, se dressant soudainement, projeta sa lance qui vint se ficher dans le parquet, à deux centimètres de mon bras. La manche de mon imper fut transpercée par la pointe du compas !

Je l'arrachai avec peine et me redressai. La lance à la main, j'étais face au Monstre ! Ma bosse avait encore enflé et je ne voyais plus clair : tout était flou...

L'Ogre se tenait au pied du diplodocus, et il décrocha une phalange de la patte avant. Une phalange de diplodocus, ça valait bien le casse-tête de la mère Muzard, vous pouvez me croire !

D'une main fébrile, je levai le compas et le projetai, de toutes mes forces. L'Ogre évita le trait en l'écartant d'un coup de phalange ! Emporté par mon élan, je dérapai sur le plancher et tombai à la renverse. L'Ogre s'approcha...

Il y eut un grand trou noir, et j'y sombrai.

J'avais mal à la tête, et mes mains, solidement ficelées, avaient enflé. J'étais ballotté en tous sens ; mon dos meurtri tressautait sous les chocs.

Je tournai la tête et, tout là-haut, je vis la flamme d'une torche qui rougeoyait dans la pénombre. L'Ogre soufflait comme une forge en actionnant le levier de la draisine !

A chaque poussée, il enfonçait son pied dans mon ventre, et ma pauvre tête heurtait la plate-forme. J'étais prisonnier : il m'avait ligoté avec la bobine de fil électrique cachée dans ma poche !

Bravo, Lapoigne Claude !

Un liquide tiède et visqueux coulait sur mes joues. En déplaçant la tête, je sentis le contact d'une fourrure épaisse... Bientôt, l'Ogre arrêta sa draisine et hissa sur ses épaules les cadavres de deux chevreuils ! Ma tête heurta les dents d'une grosse roue de l'engrenage et je m'évanouis de nouveau.

Quand je revins à moi, j'étais allongé sur un sol spongieux, moussu ; ça sentait la moisissure, comme dans les bois après la pluie d'automne.

Il faisait clair. J'étais allongé dans une

grotte d'une vingtaine de mètres de long ; des gaines de câbles, où le courant ne devait plus passer depuis des siècles, pendaient du plafond et des colonnes de cafards y faisaient de la barre fixe ! Je me retournai avec peine : de grosses planches flambaient en craquant, tout près de là.

L'Ogre, entouré de ses chats, prenait son repas. Il dévorait un cuissot de chevreuil qu'il faisait rôtir à même la flamme tandis que les matous croquaient directement dans la viande crue en se battant pour obtenir les meilleurs morceaux.

Je m'assis avec peine. De grosses chaînes s'entrecroisaient autour de ma poitrine, de mes jambes ; un pieu de fer, planté dans le sol, complétait la panoplie ! J'étais cuit !

– Regardez ! gronda l'Ogre, voilà le garde-manger qui se réveille !

Trois matous de gouttière, à la fourrure couverte de toiles d'araignées, vinrent me renifler les mollets. Je sentis leurs petits crocs acérés me mordiller la peau... Ils avaient déjà la panse pleine et se détournèrent pour aller s'allonger près du feu en ronronnant.

L'Ogre se leva et vint vers moi. Il se pencha pour approcher son visage tout près du mien. La peau de ses joues était couverte de minuscules champignons et les puces caracolaient dans sa tignasse ! Son haleine empestait l'égout et je détournai la tête...

– Demain..., chuchota-t-il, demain, je préparerai un ragoût de Lapoigne, avec une sauce à la confiture de rats ! Ha ! Ha ! Ha !

Il se redressa et se dirigea vers le fond de la grotte. En plissant les yeux, je vis un vieux wagon de métro, dont la peinture tombait en lambeaux. Il tenait en équilibre sur des parpaings vermoulus et n'avait plus de roues. L'Ogre y disparut et tira un rideau confectionné avec des fourrures grossièrement cousues.

Le feu mourut progressivement et les chats se blottirent les uns contre les autres pour en conserver la chaleur. Épuisé, je m'endormis à mon tour.

Je m'éveillai quelques heures plus tard, perclus de douleurs.

Les braises du feu se consumaient encore, en un petit tas rouge. Une coulée de vent glacé agitait les cendres et les éparpillait dans la grotte. Elle soufflait d'un trou dans la pierre d'où provenaient des lueurs blanchâtres. En prêtant l'oreille, j'entendis au loin les portes d'une rame de métro qui claquaient et la rumeur des voyageurs qui montaient et descendaient des wagons. L'Ogre, endormi, ronflait puissamment.

Une voix lointaine, nasillarde et hachée de parasites, annonça qu'à la suite d'une coupure d'électricité très importante le trafic serait perturbé sur la ligne Pantin-Italie... Ça me faisait une belle jambe ! Les chats, engourdis après le festin de la veille, s'éveillaient les uns après les autres en s'étirant voluptueusement.

L'Ogre, à son tour, émergea de son sommeil profond et tira le rideau de sa tanière. Il ne me prêta aucune attention et disparut dans un recoin de la grotte pour revenir aussitôt en portant des traverses qu'il disposa en faisceau avant d'y mettre le feu. Une fumée épaisse monta. Je toussai.

L'Ogre, qui avait peut-être oublié ma présence, sursauta avant d'éclater de rire. Il vint près de moi, et un sourire hideux déforma sa face.

– Ce soir..., grogna-t-il, un ragoût de Lapoigne, premier choix ! Qualité extra ! Très tendre ! Ha ! Ha ! Ha !

Je tressaillis, pétrifié de terreur.

– A la suite d'une panne de courant, répéta la voix lointaine, le trafic est perturbé sur l'ensemble du réseau...

L'Ogre s'allongea sur le sol de la grotte et ses chats vinrent lui lécher les pieds, les bras, le cou, de leurs petites langues râpeuses, pour lui faire sa toilette ! L'un d'eux apparut au seuil de la grotte : il tenait dans ses crocs la queue d'un rat dont le corps pendouillait jusqu'à terre.

L'Ogre se redressa, caressa le matou et jeta le rat dans un grand bidon.

– Merci, dit l'Ogre, c'est bien, c'est bien, on va pouvoir préparer la confiture !

La chair de poule parcourut ma peau moite. Il ne fallait pas se faire d'illusion : le Monstre me tenait à sa merci, et la mère Muzard ne pourrait jamais me venir en aide : sans doute était-elle à l'hôpital, après sa chute dans le Jardin des Plantes. Elle pouvait être fière d'elle, la duchesse de Muzard-Salsempouille, elle m'avait collé dans un beau pétrin !

Je ne garde qu'un souvenir confus des heures qui suivirent...

L'Ogre préparait sa confiture de rats, paisiblement. Le bidon bouillonnait au-dessus du feu. Il touillait sa mixture à grands coups de compas, et, de temps à autre, un de ses chats lui apportait un nouveau gaspard, tout juste occis*, qu'il jetait alors dans la marmite, sans même l'éplucher.

Je songeais aux récits de mon arrière-grand-père, qui me racontait en me berçant

* Occis : tué

sur ses genoux la guerre de 1870 : les gens, affamés durant le siège de Paris, pourchassaient les rats pour les dévorer ! Et aujourd'hui, c'était moi, Lapoigne Claude, qui allait finir dans la casserole...

L'Ogre attisait le feu en soufflant sur les braises. Les chats, heureux, l'entouraient en ronronnant. Soudain il se leva et pénétra dans son wagon. Il y eut un remue-ménage insensé ; l'Ogre pestait contre je ne sais quoi... Il se démenait tant que le wagon vacilla et, enfin, le Monstre réapparut en tenant une scie à la main !

Une scie d'un bon mètre de long, dont je vis scintiller la lame à la lueur du feu. Je me recroquevillai, terrorisé !

Mais l'Ogre s'assit au milieu de ses chats et, après avoir astiqué l'outil de quelques coups de chiffon, brandit un archet dont il lécha le crin pour lui donner de la souplesse ! C'était une scie musicale !

Il tordit l'instrument pour le chauffer et, frottant l'archet contre le métal, joua un air langoureux… Mon cœur battait la chamade et je tremblais si fort que mes chaînes cliquetèrent.

L'Ogre charmait ses chats en leur donnant un petit concert. Il jouait fort bien, de vieux airs oubliés, comme *Parlez-moi d'amour…*

Il chantait aussi. Sa voix éraillée de baryton montait dans la grotte et se perdait dans les galeries où suintait une eau saumâtre :

Parlez-moi d'amour,
dites-moi des choses tendres,
Tous vos beaux discours,
comme j'aime les enten-en-dre…

Les chats, subjugués, miaulaient en se pâmant à ses pieds. Ils se roulaient dans le tapis de cendres froides et d'os calcinés qui parsemaient le sol de la grotte.

Après le concert, l'Ogre passa son temps à entretenir son feu et à nettoyer son wagon : il balaya le plancher en aspergeant les alentours de carcasses de poulets et de lapins, rongés jusqu'au dernier gramme de chair.

Je cherchais désespérément un moyen de fuir, mais ce n'était pas comme dans les films d'aventures où le héros trouve toujours un morceau de verre qui traîne dans un coin, et grâce auquel il peut trancher ses liens ! D'ailleurs, les miens étaient en acier, et un tesson de bouteille n'aurait servi à rien !

La confiture de rats mijotait dans la marmite ; les chats commençaient à s'agiter en me lançant des regards gourmands. L'Ogre, accroupi près du feu, en tirait des brindilles enflammées et s'en frottait le cou pour chasser les tiques qui s'étaient incrustées dans les replis de sa peau ! Il poussait de petits cris de douleur et invitait un chat à lécher ses plaies...

De longues heures s'écoulèrent. Je n'avais pas de montre, mais je pus me repérer à la fréquence des passages du métro dont j'entendais le grondement tout proche. Après vingt-deux heures, les rames se firent plus rares, et bientôt la rumeur venue des quais cessa : la nuit était là.

Les chats s'énervaient à tourner en rond dans la grotte et leurs yeux en amande s'attardaient de plus en plus souvent vers le recoin où je me terrais.

L'Ogre apporta de nouvelles bûches pour raviver le feu, et, d'une main ferme, touilla le jus de rats qui mijotait dans le bidon. Puis il s'empara de grandes lames très pointues qu'il aiguisa contre une pierre tirée du feu. Il frotta le tranchant contre l'arête de son bloc de granit, si fort que des gerbes d'étincelles jaillirent !

Il chantait, d'une voix joyeuse :

Parlez-moi d' Lapoigne,
Parlez-moi de viande ten-en-dre !

9
Le flair de Totor

L'Ogre avait affûté ses couteaux ; le feu illuminait la grotte. Les matous faisaient les fous, cabriolaient et roucoulaient. Puis ils vinrent, en rangs serrés, se disposer en arc de cercle autour de moi.

L'Ogre plongea ses outils dans le feu et attendit qu'ils chauffent à blanc. Penché sur le brasier, il soufflait et soufflait encore pour attiser la forge !

Puis il vint vers moi, m'agrippa par le col et déchira mes vêtements.

Je ne pouvais bouger, entravé par les chaînes ! J'étais à demi nu : seuls quelques lambeaux de tissu étaient encore accrochés aux maillons d'acier qui m'immobilisaient. Les mains griffues de l'Ogre s'acharnaient sur les derniers morceaux de mon pantalon.

J'étais à présent tout nu.

L'Ogre me poussait vers le feu et les chats galopaient en tous sens, le dos hérissé, la queue gonflée de colère. C'en était fini de Claude Lapoigne et de ses fariboles ! Adieu la cloche, adieu les bons petits plats de la mère Muzard, adieu les matins de printemps sur les quais de la Tournelle, adieu les frites de l'ami Mustapha...

Je sentais déjà la chaleur des flammes : l'Ogre me montrait la pique torsadée d'éperons sur laquelle il voulait m'embrocher pour me griller comme un poulet ! Je me forçais à serrer les dents ! J'étais déterminé à cuire en silence, dignement !

C'est alors qu'une détonation puissante retentit dans la grotte ! BAAOUOOM ! L'écho se répercuta durant de longues secondes et un nuage blanc envahit la grotte !

La horde des chats s'égailla* en tous sens ; certains se roussirent la crinière sur les braises et miaulèrent de fureur, d'autres bondirent le long des parois et plantèrent leurs griffes dans la pierre tendre !

– Pas bougi ! Sirtout pas bougi ! cria une voix que je ne tardai pas à identifier : c'était celle de Mustapha, le forain de la place de la République !

– Oui, ne faites pas un geste ! renchérit une autre voix, tout aussi familière : celle de la duchesse de Muzard-Salsempouille !

Ils débouchèrent tous deux du souterrain, blancs comme neige à cause de la poussière calcaire qui noyait la grotte. Mustapha était armé d'un fusil qu'il pointait vers l'Ogre. Celui-ci, hébété et couvert de gravats, toussait tant qu'il pouvait, la tête couverte d'éclats de pierre.

Ahuri, je regardai Mustapha qui, tout en braquant son fusil vers l'Ogre, cisaillait mes chaînes. Constatant ma nudité, la mère Muzard détourna les yeux : Mustapha me couvrit de son manteau !

* S'égailler : se disperser

Les chats se terraient le long des parois de la grotte, apeurés.

L'Ogre avait disparu dans son wagon et préparait sans doute sa riposte... Mustapha guettait l'entrée de sa tanière, prêt à faire feu de nouveau !

Et Totor, mon Totor, me sauta au cou ! Ah, que j'étais heureux de le revoir ! Il me léchait les joues de sa petite langue pointue, et pétait de joie !

Je le serrai dans mes bras et le couvris de baisers.

Accaparé par les mamours de mon Totor, je n'entendais pas les grondements qui secouaient le souterrain...

– Vite ! hurla Mustapha, tous di-hors !

Il me tira vers le tunnel et je vis les fissures qui s'élargissaient de seconde en seconde au sommet de la grotte : la balle de Mustapha avait fracassé une pierre qui formait une clé de voûte dans cette cavité oubliée de tous... L'édifice s'effondrait et menaçait de nous engloutir !

Les chats, affolés, s'enfuirent de toute part !

L'Ogre, armé d'un énorme sabre, jaillit de son wagon en poussant un hurlement désespéré. Déjà, les moellons qui s'arc-boutaient au-dessus de nos têtes cédaient avec des craquements sinistres. Un pan entier s'écroula dans un nuage de poussière et bientôt la grotte se fendit de part en part. Il y eut comme un bruit de tonnerre et un amas de terre et de pavés déferla sur l'antre de l'Ogre. J'entendis son hurlement alors que Mustapha m'entraînait vers le tunnel, et, en me retournant, je vis le bras décharné du Monstre émerger des pierres. C'en était fini de l'Ogre.

Mustapha me tirait derrière lui, tandis que la mère Muzard ouvrait la marche. Bientôt, nous rejoignîmes les égouts. A une centaine de mètres plus loin, nous escaladâmes les barreaux d'une échelle scellée dans le béton, pour nous retrouver à l'air libre, rue de la Roquette. La camionnette de Mustapha nous y attendait...

Une demi-heure plus tard, j'étais à l'abri dans la loge de la rue Cuvier. Mustapha me prêta un survêtement neuf… J'appris alors par quel miracle j'étais encore en vie : grâce à Totor ! Après la bataille au Jardin des Plantes, il avait rejoint la mère Muzard, encore évanouie près de l'enclos des kangourous. Puis, à son réveil, il l'avait accompagnée jusque chez elle.

La mère Muzard reprit courage, et, suivie de Totor, s'en fut trouver Mustapha. Celui-ci n'hésita pas une seconde : il possédait un vieux fusil de chasse qui tiendrait l'Ogre en respect.

Fort bien, mais où se cachait-il ? C'est mon Totor, grâce à son flair, qui conduisit Mustapha et la duchesse jusqu'à l'antre, à travers un dédale de galeries abandonnées !

La mère Muzard déboucha une bouteille de l'eau-de-vie de chou-fleur qu'elle distille elle-même dans sa cave, et nous en offrit une tournée.

Puis, bras dessus, bras dessous, nous sommes allés déguster une Francfort-frites, place de la République. Je brûlais d'envie de retourner voir l'antre de l'Ogre, maintenant qu'il n'y avait plus de danger…

J'arrivai rue Pelleport une demi-heure plus tard. La circulation était très ralentie à cause des nombreux cars de police et de pompiers qui affluaient vers un petit square. A la vue des képis, je pris peur : tant qu'ils ne le tiendraient pas, l'Ogre s'appelait, officiellement, Claude Lapoigne !

J'aperçus une civière que portaient les gens du Samu, et près de laquelle se bousculaient les photographes ! L'Ogre y était allongé, mort.

Les pompiers interdisaient l'accès du square aux badauds. Derrière une barrière, comme n'importe quel *quidam*, j'assistais à leurs travaux. Le terre-plein central du square s'était effondré et un énorme trou s'y ouvrait. Les pompiers y descendaient avec des échelles de corde ! Le kiosque à musique avait tremblé sur ses bases et penchait de côté.

Un reporter de la télé parlait devant les caméras.

– Une galerie souterraine s'est effondrée, dit-il, pour des raisons inconnues, et l'éboulement s'est répercuté jusqu'à d'anciens

MÉTROPOLITAIN

fragments de tunnel du métro, aujourd'hui désaffectés. Il semblerait bien que celui que l'on appelait l'Ogre vivait dans ce dédale et n'en sortait qu'à la nuit tombée pour accomplir ses méfaits... D'après nos premières informations, il ne s'agit absolument pas du vagabond Claude Lapoigne, dont le signalement ne correspond en rien au corps que les pompiers ont trouvé dans les décombres...

Je tournai le dos et repris ma route vers Gambetta. Je songeais à l'Ogre, Eugène Bourdiole... Qu'est-ce qui avait bien pu le pousser, lui, un professeur de mathématiques, à fuir dans les égouts, entouré d'une tribu de chats ? On ne le saurait peut-être jamais ; après tout, moi, Claude Lapoigne, je fais bien le clochard ! Chacun a ses raisons, allez, on ne mène pas toujours la vie qu'on veut.

Totor remuait au fond de ma poche. Il était grand temps de trouver quelques pièces pour lui acheter un bout de fromage.

Table des matières

L'auteur

Né en 1954 à Paris, **Thierry Jonquet** a une enfance marquée par le cinéma et les livres. Il étudie la philosophie à l'université de Créteil et plus tard l'ergothérapie. Thierry Jonquet mène actuellement une activité de scénariste et de romancier. Il a écrit de nombreux romans pour adultes (publiés notamment dans la collection Folio) comme pour la jeunesse.

Mise en pages : Aubin Leray
Loi n°49-956 du 16 juillet 1949
sur les publications destinées à la jeunesse
ISBN 2-07-057160-2
Numéro d'édition : 148462
Premier dépôt légal : octobre 2005
Dépôt légal : octobre 2006
Imprimé en Espagne
par Novoprint (Barcelone)